변변찮은 마술강사와
추상일지
—메모리 레코드—
2
Memory records of bastard magic instructor

오늘도 셋이서 보내는 따스한 시간. 하굣길. 시스티나는 평소처럼 루미아와 리엘을 데리고 다양한 가게를 즐겁게 돌아다니다가―.

"이러고 있으니 왠지 그날이 떠오르네……."

자연스럽게 그런 혼잣말을 중얼거렸다.

문득 가슴속을 스쳐 가는 글렌과 처음 만났을 무렵의 교실 풍경.

그날의 기억이 아직도 머릿속에서 지워지지 않았다.

'아~, 오늘 첫 교시 수업은 자습입니다.'

그렇게 말한 글렌은 강사 부임 첫 수업을 자습으로 바꾸고 그대로 낮잠을 자기 시작했다.

그 후에 이어진 결투 소동. 큰 싸움. 글렌처럼 강렬한 첫인상을 남긴 인물은 시스티나의 인생에서 두 번 다시 나타나지 않으리라. 하지만 꼭 나쁜 일만 있었던 건 아니었다.

"……언뜻 보기엔 변변찮은 인간이지만…… 사실은 누구보다 마술에 해박하고…… 훌륭한 수업을 할 줄 알고…… 무심하고 속이 삐뚤어진 사람인 줄로만 알았는데…… 사실은 누구보다 뜨거운 사람이었고……."

그리고 시스티나가 옆을 힐끔 훔쳐보자, 그곳에는 당연한 듯 루미아와 리엘이 있었다.

이 당연한 일상을 가져다준 사람도…… 역시 글렌이었다.

"……인연이라는 건 참 신기해."

소중한 친구들과 평범한 일상 풍경 앞에서 시스티나는 살포시 웃음을 흘렸다.

루미아가 문득 앞으로 시선을 돌리자—.

"아하하. 리엘도 참. ……아, 맞아. 너도 이 아이스크림 먹어볼래?"

"……응, 먹을래. ……차가워."

그곳에는 화기애애한 모습의 시스티나와 리엘이 있었다.

"왠지 그날이 생각나."

갑자기 루미아의 머릿속에 리엘과 처음 만났을 때…… 마술 경기제의 정경이 떠올랐다.

어머니의 일, 리엘의 일, 하늘의 지혜 연구회의 일…… 정말 많은 일이 있었다.

위험한 일도 있었다. 하지만, 그래도—.

"……역시 즐거웠지."

적어도 루미아에게는 그랬다. 하나의 목표를 위해 일치단결해서 싸우는…… 그 일체감은 이루어 말할 수 없는 귀중한 경험이었다. 잠시 눈을 감고 당시의 기억을 떠올리기만 해도 그날의 열기가 자신의 몸 안에 되살아나는 것만 같았다.

"……선생님 덕분이야."

반 학생 모두를 경기에 참가하게 해준 것. 어머니 일로 고민하던 나를 이끌어준 것.

그리고…… 목숨을 걸고 지켜줬던 것.

이제 와서 돌이켜보면 인생에 둘도 없는 소중한 추억이었다.

"루미아~! 뭐 해? 계속 멍하니 있으면 두고 간다~!"

"……아, 기다려! 시스티."

과거로 떠났던 의식이 되돌아온 루미아는 웃으면서 시스티나와 리엘을 향해 달려갔다.

방과 후, 세 소녀는 단골 카페에 들렀다.

"후우…… 조금 지쳤어."

"후훗…… 얘, 리엘. 뺨에 크림 묻었어."

리엘은 멍~한 표정으로 자신의 입가를 손수건으로 살며시 닦아주는 루미아에게 가만히 몸을 맡겼다.

"……왜? 리엘."

시스티나는 자신과 루미아를 말없이 바라보는 리엘의 모습에 고개를 살짝 갸웃거렸다.

"응……. 아무것도 아니야."

그런 리엘의 작은 가슴속을 스쳐 간 것은 원정 수학여행의 기억이었다.

그때 자신은 시스티나와 루미아에게 심한 짓을 하고 말았다. 두 사람이 자신을 싫어하게 돼도 이상하지 않을 정도로. 그런데도…… 두 사람은 이렇게 자신의 곁에 있어 주었다.

리엘은 그 사실이 무척 기뻤다.

"……고마워, 글렌."

이런 자신을 양지의 세계로 끌고 와준 사람을 향해 자연스럽게 감사의 말이 흘러나왔다.

"리엘?"

"아무것도 아니야. 그보다…… 너희도…… 딸기 타르트, 먹을래?"

"왜, 왜 그래? 갑자기……."

"리엘이 딸기 타르트를 나눠 주겠다니……."

"……그냥. 딱히 이유는 없어."

리엘은 여느 때와 다름없는 졸린 듯한 무표정으로 불쑥 그런 말을 중얼거렸다.

Memory records of bastard magic
instructor

CONTENTS

변변찮은 마술강사와 추상일지 2

—메모리 레코드—

Memory records of bastard magic instructor

히츠지 타로 지음
미시마 쿠로네 일러스트
최승원 옮김

정말! 선생님 때문에 저희가 얼마나 고생하는지 아세요?!

2학년 2반 대표 시스티나 피벨

Memory records of bastard magic instructor

세리카
아르포네아
알자노 제국 마술학원 교수. 외모는 젊어도 글렌을 길러준 부모이자 마술 스승이기도 한 수수께끼가 많은 여성. 글렌이 엮이면 팔불출이 된다.
리엘
레이포드
제국 궁정 마도사단 특무분실 소속. 루미아의 호위로 마술학원에 편입했지만 어째선지 글렌의 등만 쫓고 있다.
루미아
틴젤
청초하고 마음씨 고운 누구에게나 사랑받는 인기인. 목숨을 걸고 자신을 구해준 글렌을 일편단심으로 사모하고 있다. 글렌과 시스티나가 싸울 때는 자주 중재 역할을 맡는다.
시스티나
피벨
「강사 킬러」라는 별명을 가진 고지식한 우등생. 글렌의 적당한 태도를 흘려 넘기지 못하고 매번 설교하는 모습은 이미 학원의 명물이 됐을 정도다.

Character
알베르트
프레이저
제국 궁정 마도사단 특무분실
소속. 글렌의 전 동료. 제국에서
손꼽히는 저격수이자, 전투에서
첩보에 이르기까지 수많은
임무를 완수해온 초일류 마도사.
글렌
레이더스
주인공. 알자노 제국 마술학원의
마술을 싫어하는 마술 강사.
만사에 무책임하고 의욕 제로.
마술사로서도 삼류라서 장점은
전혀 없는 셈. 그런 그의 진정한
모습은—?

종이 한 장 차이의
천재(天災) 교수

Genius or a Fool

Memory records of bastard magic instructor

알자노 제국 마술학원의 어느 날 오전에 있었던 일이다.
웅성…… 웅성…… 웅성웅성…….
학교 본관의 대회의실에서 긴급 호출을 받은 교내의 강사, 교수진이 모여서 자신들을 부른 이유에 대해 상담을 나누고 있었다.
"대체 무슨 일일까요? 이 시기에 갑자기 전 교직원 긴급회의라니……."
"글쎄……. 또 체스트 남작이 무슨 짓을 저지른 건……?"
"가만히 듣고 넘길 수 없군요, 오르크 교수! 전 이번 달에는 아직 정신 지배술 수업이라는 명목으로 여학생들에게 성희롱을 저지른 적도 없고, 이성을 잃은 소녀의 모습을 감상하고 싶어서 형언할 수 없는 모독적인 뭔가의 환영을 보여 준 적도 없습니다만!"
"이봐…… 누가, 이 녀석, 좀, 진짜, 어떻게 해봐……."
그 순간—.
전 교직원이 모여 있는 이 대회의실에 릭 학원장이 입실했고 그는 바로 상석인 의장석에 앉았다.
"제군, 좀 이르지만 회의를 시작하겠네."
학원장이 누가 봐도 심각해 보이는 분위기를 풍기자 교직원 중 한 명이 굳은 목소리로 질문했다.

"하, 학원장님…… 대체 무슨 일이 있었길래."

"실은…… 그 오웰 슈더 교수에게서 일손을 보내달라는 요청이 들어왔네만…… 듣자 하니 새로운 마도 발명품을 테스트하겠다더군."

그 순간, 대회의실이 정적에 휩싸였다.

그리고—.

"아아아아아아앗! 그렇군! 벌써 그 시기였냐아아아아아!"

"이럴 수가! 그 남자, 아직도 살아있었어?!"

"저번에도 그런 참극을 일으킨 주제에 왜 이리 목숨이 질긴 거야!"

"아니, 그보다 누가 그 인간 좀 빨리 해치워달라고요!"

대회의실은 단숨에 광란의 도가니에 빠졌다.

"어쩔 수 없지 않나……. 저래 보여도 오웰 님은 이미 제5계제(퀸데)에 도달한 젊은 천재 마술사이자, 이 학교에 매년 막대한 지원금을 출자하는 대귀족의 당주이니…… 고작 일손을 빌려달라는 요청을 어찌 무시하겠나."

"하지만 이대로 오웰을 내버려 뒀다간 언젠가 사망자가 나올 겁니다!"

"히이이이이익! 싫어! 난 이제 싫다고오오오오! 오웰하고는 절대 관여하고 싶지 않아!"

"아앗?! 라인하르트 선생이 PTSD 발작을?!"

그런 아비규환의 소란 속에서 자신과는 관계없는 일이라

는 얼굴로 회의를 대충 흘려듣고 있던 글렌이 작은 목소리로 투덜거렸다.

"진짜 시끄럽네. ……발명 테스트 정도로 웬 소란이래? 오웰? 이 학교에 그런 녀석도 있었나?"

"아, 그렇군. 넌 아직 모르겠구나, 글렌."

글렌의 옆자리에 정숙하게 앉아 있던 학교의 마술교수 중 한 명인 세리카 아르포네아가 왠지 즐거워 보이는 웃음을 흘렸다.

"오웰 슈더 마도공학 교수……. 뭐, 평소에는 자기 연구실에 틀어박혀서 마술 연구에만 몰두하느라 거의 밖에 나올 일이 없는 녀석이니까 말이지. 아직 새내기 강사인 네가 모르는 것도 무리는 아니야."

"아니, 뭐 그건 그렇다 치고…… 그 소문의 오웰 씨에 대한 사람들의 반응이 대체 왜 저래?"

다들 오늘 세상이 멸망한다는 선고라도 들은 듯한 반응을 보이자 제아무리 글렌이라도 비지땀을 흘리며 기겁할 수밖에 없었다.

"글렌, 약간 오해받는 경향이 있지만 오웰은 꽤 재미있는 남자다. 나도 경의를 표할 정도지."

"저게 약간이라고? 아니, 그보다 네가 경의를 표할 정도라면 오히려 더 불안하거든?"

그런 두 사람의 대화는 아랑곳없이, 이 자리에 모인 교직원들의 말다툼에 가까웠던 회의는 한층 더 격렬해졌다.

"어쨌든 이번에도 누군가가 산제물이 될 수밖에 없소! 그 자식을 혼자 내버려 두면 쓸데없이 피해가 더 커질 건 자명한 사실이니까!"

"그, 그래도 난 싫소! 나에게는 사랑하는 가족이!"

"소용없습니다. ……슈더 교수의 산제물이 될 자격은 모두가 평등하다는 게 관례였잖아요? ……우후후후……."

"그럼 누구로 하지? 지금 이 중에 오웰 슈더의 피해를 가장 적게 받은 인물이라면……."

그러자 일동은 누가 먼저랄 것 없이 글렌을 쳐다보았다.

"……어, 어라? 나, 지금 왠지 엄청 불길한 예감이 드는데?"

"이번에는 누가 갈지…… 음, 다수결로 정하세. 글렌 선생이 좋겠다고 생각하는 사람은 거수를."

척!

릭 학원장이 그렇게 제안하자마자 글렌과 세리카를 제외한 전원이 오른손을 번쩍 쳐들었다.

"흠, 만장일치로 글렌 군으로 결정됐군."

일동은 우레와 같은 박수갈채를 보냈다.

"진짜 뭐냐고! 이 다수의 폭력으으으으으으으으으은!"

글렌은 무심코 머리를 싸매며 절규했다.

"시끄럽구만. ……얼른 가게나, 글렌 군. 거부하면 해고일세."

"어?! 학원장님?!"

평소의 인자한 모습에서는 상상도 할 수 없는 박력에 글렌은 반사적으로 뺨을 움찔거리면서 뒷걸음질을 쳤다.

"글렌 레이더스……. 나는 네놈이 진심으로 싫다만…… 이번만큼은 솔직히 동정을 금할 수 없군……."

"하 뭐시기 선배까지?!"

게다가 놀랍게도 글렌의 천적인 할리까지 새파랗게 질린 얼굴로 연민의 시선을 보내는 게 아닌가.

"에, 에엑?! 오웰이 대체 어떤 인간이길래! 왠지 저, 엄청나게 불길한 예감밖에 안 들거든요?!"

"음~ 재미있는 녀석인데 말이지. ……네가 내키지 않는다면 내가 대신 가주지 못할 것도 없다만……."

세리카가 글렌에게 그런 제안을 한 순간—.

"아, 안 돼애애애애애애애애!"

"부탁입니다! 아르포네아 교수님! 당신만은 제발 오웰한테 가지 말아주세요오오오오오오오!"

"세상이 멸망하면 어쩔 겁니까아아아아아아아!"

"네놈, 오히려 멸망시킬 셈이지?!"

회의실이 한층 더 강렬한 공포에 휩싸였다.

"봤지? 왠지 다들 이렇게 말리더라고. 어째서일까?"

세리카는 무척 아쉽다는 듯 어깨를 으쓱이며 쓴웃음을 흘렸다.

'이젠 웃음밖에 안 나와…….'

그러자 글렌은 안면 신경통 환자처럼 뺨을 움찔거렸다.

"그건 그렇고 뭐랄까……."

그리고 체스트 남작이 참으로 유감스럽다는 듯 고개를 저으며 탄식했다.

"슈더 교수도 그렇고, 아르포네아 교수도 그렇고…… 이 학교의 고위 마술사 중에는 정말 변변찮은 인간이 없군. ……참으로 개탄스럽구려."

"그게 자네가 할 소린가, 제6계제(세데)."

릭 학원장의 태클이 이 자리에 있는 모두의 마음을 대변했다.

"그렇게 해서 난 그 소문의 오웰이라는 녀석을 만나러 가게 된 거다."

점심시간.

글렌은 오웰의 연구실에 가기 위해 학교 본관의 복도를 내키지 않는 발걸음으로 이동하면서, 뒤에서 따라오는 시스티나와 루미아를 슬쩍 돌아보았다.

"선생님의 사정은 알겠는데요."

시스티나는 불만스럽게 뺨을 부풀리며 게슴츠레한 눈으로 글렌을 노려보았다.

"왜 저랑 루미아도 같이 가야 하는 거죠?"

"아직도 모르겠냐? 하얀 고양이……."

글렌은 어이가 없다는 눈으로 시스티나를 흘겨보았다.
"루미아는 착한 데다 귀엽잖아? 그러니…… 만약 나한테 무슨 일이 생겼을 때 그런 여자애가 임종을 지켜봐 줬으면 하는 게 남자의 습성이기 때문이지."
시스티나의 고개가 풀썩 꺾였다.
"바, 바보 아니에요?! 그럼 전 왜 부르신 건데요!"
"아직도 모르겠냐? 하얀 고양이……."
글렌은 어이가 없다는 눈으로 시스티나를 흘겨보았다.
"넌 잔소리가 심한 데다 건방지잖아? 그러니…… 만약 나한테 무슨 일이 생겼을 때 그런 여자애를 방패로 삼고 싶어지는 건 남자의……."
"루미아, 이거 놔! 저 인간을 죽일 수가 없잖아! 저 인간을 죽이고 나도 죽어버릴 거야!"
"차, 참아. 시스티, 진정해. 선생님은 농담으로 하신 말씀일 거야. ……아마도."
울상이 돼서 날뛰는 시스티나를 뒤에서 말리는 루미아의 표정에는 왠지 자신감이 없어 보였다.
"자, 그러는 사이에 도착했는데……. 여기가 그 소문이 무성한 오웰 슈더의 마술 연구실인가……."
학교 본관의 깊은 안쪽.
세 사람의 눈앞을 하나의 문이 가로막고 있었다.
"그럼 과연 뭐가 나올까……."

지극히 평범한 문이었지만 어째선지 이상한 박력과 압력을 내뿜는 것 같았다.

"하아…… 일단 말씀드리겠는데 그만두시는 편이 좋을 거예요. 선생님……."

제아무리 시스티나라도 오웰의 연구실 앞에서는 마음이 무거워진 모양이었다.

"오웰 슈더 교수님에게는 정말로 관여하시지 않는 편이 좋아요. 그분이 학교에서 뭐라고 불리는지 아세요? 『천재(天災) 교수』…… 그 상식을 벗어난 재능과 실력은 진짜지만, 늘 기상천외한 방향으로만 발휘해서 대소동을 일으키다 보니 이젠 자연재해나 다를 바 없는 취급을 받는 내추럴 본 변태 마스터라구요?"

"나도 관여하고 싶지 않은 기분이 산더미 같다만, 거부하면 해고라고 하니……. 아아, 일하는 건 진짜 괴롭구만. 세리카한테 빌붙어 살았던 그 행복한 시절로 돌아가고 싶어……."

글렌이 마지못해 노크하려고 문에 다가간 순간—.

터엉!

갑자기 눈앞에서 문이 큰 소리를 내며 좌우로 활짝 열렸다.

"……엥?"

글렌은 입을 떡 벌릴 수밖에 없었다.

열린 문 너머에는 백의형 로브를 입은 한 남자가 서 있었다.

교수라고 하기에는 아직 젊었다. 대략 20대 후반 정도. 어깨까지 내려오는 긴 장발은 마치 야만족처럼 지저분하게 헝클어졌다. 왼쪽 눈은 묘하게 번뜩거렸고 오른쪽 눈에는 안대. 적당히 단정한 외모는 제법 남자다운 편이었지만 불길하게 비틀어진 입가에서는 광기가 느껴졌다. 다채로운 색상의 결정석들과 쇳덩이들이 마구 뒤섞인 정체불명의 마도 장치를 머리에 쓴 모습이 터무니없이 괴상했다.

보자마자 이해했다.

이 녀석은…… 변태다.

"아, 저, 그냥 해고당할래요. 안녕히 계……."

"후우~하하하하하하하하!"

하지만 잽싸게 퇴로를 차단당했다.

"기다리게! 아무 말도 하지 마! 아무 말도 하지 말랬다?! 자네들은 이제부터 역사의 산증인이 되는 것이다……!"

파팟! 하고 온몸을 기묘하게 비튼 정체불명의 포즈를 취하면서 세 사람의 앞을 가로막은 이 남자가 바로 그 소문의— 오웰 슈더 교수이리라.

"지금부터 이 몸이 자네들이 마음속에 떠올린 생각을 멋지게 적중시켜 보겠다! 이 세기의 대발명품 『용의 눈물(드래곤즈 티어)』로 말이지!"

어안이 벙벙한 얼굴로 굳어버린 세 사람 앞에서 오웰은 머리에 쓴 기묘한 장치를 뿅뿅 조작하더니 장치에 달린 수정옥 너머로 세 사람을 응시했다.

“흠…… 보인다…… 보여! 자네들은 지금……『배가 고프다』……그래! 자네들은 지금 식사를 원하고 있군!”

“아뇨, 전혀 아닌데요.”

이 순간 세 사람의 마음속에 떠오른 생각은 물론『당장 돌아가고 싶다』였다.

“뭐?! 틀렸다고?! 잠깐! 혼문(魂紋) 패턴의 해석을 실수한 건가?! 그렇다면…… 알았다! 자네들은 지금『내일 날씨가 궁금하다』…… 이건 어떠냐!”

“아뇨, 요만큼도 아닌데요.”

“말도 안 돼! 어째서냐아아아아!”

오웰은 머리를 감싸 쥐고 하늘을 향해 절규했다.

“감정에 따라 색과 형태를 바꾸는 영혼의 파형(波形)…… 혼문! 그 패턴을 백 퍼센트 완전히 해석할 수 있다는 건 의심할 여지 없이 증명되었거늘! 그런데 왜냐! 왜 맞추지 못한 거지?!”

“호, 혼문 패턴의 완전 해석이라구요?!”

오웰의 말을 들은 시스티나의 안색이 바뀌었다.

“이, 이봐…… 당신……그거 진심으로 하는 소리야?”

글렌조차 믿지 못하겠다는 얼굴로 비지땀을 흘리고 있었다.

“당연히 진심이지. 이 몸을 누구라고 생각하는 거냐. 세기의 천재 오웰 슈더라고? 증명 데이터는 이미 마술학회에 발표해도 될 만큼 채취했다! 하지만 혼문 패턴을 사고언어로 변환하는 술식에 아직 문제가 있었던 모양이군……!"

오웰은 고뇌에 잠긴 표정으로 사고실험을 시작했다.

"서, 선생님? 시스티? 혼문이라는 게 뭐죠……?"

아직 상황을 파악하지 못한 루미아가 두 사람에게 질문했다

"저 변태의 말대로 감정에 따라 천차만별로 변화하는 영혼의 파형을 뜻해. 거기에는 영혼의 모든 정보가 드러나 있지. 하지만 그 패턴의 표출 방식은 사람마다 전부 달라. 예를 들면 영혼의 지문 같은 거다."

"생명의 신비를 탐구하는 백금술(白金術) 분야에서는 연구를 진행하는 과정에서 반드시 부딪히는 최대의 난관이야. 인간의 영혼을 해석하기 위해 막대한 자본과 시간을 들이고 있는데 아직도 완전히 해석되지 않았어. 그 백금 마도 연구소도 현재 막대한 국가 예산을 들여서 필사적으로 연구 중이래."

"그런 혼문을…… 그냥 보기만 해도 완전히 해석할 수 있는 마도 장치라고……?"

소문으로만 들었던 오웰의 실력이 설마 이 정도일 줄 상상도 못 했던 글렌은 전율하는 동시에 감탄할 수밖에 없었다.

"이, 이봐 너! 진짜 굉장한 장비를 만들어낸 거잖아!"

"마, 맞아요! 이걸 제국 마술 학회에 발표하면 참가한 마술사들이 전부 뒤집어질 거예요! 백금술의 역사가 바뀌었다

면서…….”

글렌과 시스티나는 아낌없는 찬사를 보냈다.

“시끄러, 닥쳐! 뭐가 굉장하다는 거냐! 아첨은 적당히 해!”

하지만 오웰은 뭐가 마음에 들지 않았는지 어린애처럼 생떼를 부리기 시작했다.

“내가 구상했던 『혼문에서 인간의 사고를 읽는 술식』은 전혀 완성되지 않았건만!”

“그, 그딴 건 아무래도 상관없잖아! 인간의 마음을 읽는 것뿐이라면 이미 백마(白魔) 【마인드 리딩】이라는 편리한 주문이 있으니까!”

“맞아요! 『혼문에서 인간의 사고를 읽는 술식』 같은 건 번거롭고 쓸데없는 짓이지만, 혼문을 단숨에 완전 해석하는 방법을 고안해낸 슈더 교수님의 공적은 마술사(魔術史)에 남을…….”

“어? 그런 편리한 주문이 있었어?”

오웰은 어리둥절한 얼굴로 눈을 깜빡거렸다.

“어, 그야 있지. 아니, 애초에 백마술 중에선 꽤 초보적인 마술인데…….”

“그런가……. 그렇다는 건…….”

오웰은 묘하게 차분한 태도로 머리에 쓴 장치에 손을 대더니—.

“이건 전혀 쓸모없는 쓰레기였다는 거잖아아아아아아아아!”

와장창!

벽에 그대로 내팽개쳤다.

마술사에 길이길이 남을 인류의 쾌거가 완전히 박살 난 채로 산산이 흩어졌다.

"아아아아앗?! 너, 대체 무슨 짓으으으으으으으을!"

"훗, 내가 이런 실수를. 설마 전제 조건이 잘못됐을 줄이야. 뭐, 아무리 천재라도 실패할 때는 있는 법이지."

"아니, 전제 조건이 잘못된 게 아니라 잘못된 건 너라고! 고쳐! 지금 당장 고쳐! 설계도 같은 건 없는 거야?!"

"그딴 건 없다! 연구 중에 취미 겸 시간 때우기로 적당히 만들어본 것뿐이니까! 그리고 이미 흥미를 잃었으니까 그런 쓸데없고 무의미한 짓은 못 해! 이걸 고칠 정도라면 차라리 배를 가르고 죽고 말겠다! 후하하하하하하하하하!"

"아아아아아! 진짜! 이 자식, 역시 근본적으로 어딘가 이상해! 교수들이 왜 그런 반응을 보였는지 이제야 알겠어!"

"으으, 머리가 이상해질 것 같아……. 역시 따라오지 말걸……."

글렌과 시스티나는 머리를 싸매고 끙끙댈 수밖에 없었다.

"그런데 자네들은 누구지?"

오웰은 이제 와서 그런 질문을 던졌다.

"아, 저희는 슈더 교수님의 요청을 받고 새로운 마도 발명품 테스트의 조수로 파견된 사람들이에요."

완전히 늘어진 두 사람 대신 루미아가 쓴웃음을 짓고 대답했다.

“오오, 그렇군! 자네들이었나! 훗, 협력에 깊이 감사하네!”

“하지만 모처럼 발명하신 장치가 망가져버린 것 같으니 저희가 도와드릴 일은 없을 것 같네요…….”

“무슨 바보 같은 소릴. 저깟 잡동사니가 희대의 대천재인 이 몸의 신작 발명품일 리가 없지 않은가! 진짜 발명품의 테스트는 지금부터일세!”

“아뇨, 됐습다. 우린 이만 돌아갈게요.”

글렌이 시스티나와 루미아의 등을 떠밀며 떠나려 한 순간—.

“후우~ 하하하하하하하하! 자, 자 사양하지 말고! 어서 안으로 들어오게!”

또 퇴로를 차단당하고 말았다.

“자네들은 오늘 역사의 전환기를 마주하게 될걸세.”

“이미 봤거든?! 네가 박살 냈지만!”

“훗! 《렛츠·캐치》!”

오웰은 글렌의 외침을 귓등으로 넘기고 손가락을 튕겼다.

그러자 열린 문 너머의 어두운 연구실 안에서 거대한 골렘의 팔이 튀어나와 세 사람을 움켜잡았다.

“히이이이이이이이익?! 살려줘요! 마마아아아아아아아!”

“꺄아아아아아아아아아악!”

“우와아~ 붙잡혔네…….”

"읍! 이런 일도 있을까 해서 만들어둔 『가드가 단단한 귀여운 그 소녀를 억지로 마이 하우스로 끌고 가자 군』이 도움이 됐군!"

"그, 그건 범죄잖아!"

"그게 어쨌다고! 설령 범죄가 될지라도 나는 마지막 한 걸음을 내딛지 못하는 내성적인 전 세계의 사춘기 소년들의 등을 떠밀어줄 거다! 온 힘을 다해!"

"절벽으로 떠미는 거랑 뭐가 달라!"

"그, 그래도 이건 굉장하네요……. 이런 고출력이면서 정밀한 제어가 가능한 골렘 제작술이라니…… 이 동작 제어에 관한 일련의 술식을 학회에 발표하면 아마 골렘 공학이 50년쯤 진화할 거예요!"

"흠하하! 그럼 세 분을 나의 마술 연구실로 안내하지!"

"으아아아아아아아아!?"

세 사람은 비명을 지르며 방 안으로 끌려갔다.

그리고 오웰의 연구실 문이 큰 소리를 내며 닫혔다.

오웰 슈더로부터는 달아날 수 없다.

이미 체념의 경지에 도달한 세 사람은 도마 위에 오른 물고기 같은 심경으로 간단한 자기소개를 마친 후, 힘없는 걸음걸이로 오웰의 뒤를 따라 연구실 안까지 이동했다.

예상대로 내부는 정체불명의 마도장치, 마술품, 미완성

설계도, 만들다 만 기계가 빼곡하게 쌓여 있어서 발 디딜 틈도 없는 카오스 공간이었다.

"뭐지……? 이 방의 절반을 차지한 저 엄청나게 거대한 마도장치는……?"

"이런, 거기 하얀 고양이 군. 위험하니까 그 장치는 건드리지 말게. 그건 외부에서 아무런 마력 공급도, 에너지 공급도 받지 않고 매일 정해진 시간에 달걀부침을 구워주는 주부의 든든한 아군이라네!"

"……예?"

"하지만 유감스럽게도 실패작이지. 나는 걸쭉한 반숙이 취향인데 불 조절이 제대로 안 되더군. 열 받으니까 나중에 해체할 예정일세."

"저, 저기…… 이건 혹시 『영구 기관』 아닌가요……?"

비지땀을 흘리는 시스티나의 목소리는 오웰에게 닿지 않았다.

"오, 글렌 선생. 안목이 높군! 지금 선생이 손에 든 그건 태양광을 마력으로 변환하는 기능을 넣은 마정석을 달아서 태양광에서 얻은 마력으로 마술광을 밝히는 조명용 램프일세."

"뭐?! 태양광을 마력으로 변환?! 무기(無機) 에너지를 생명 에너지로 바꾸다니, 굉장하잖아!"

"하지만 그것도 실패작일세. 그 램프는 정작 어둠 속에서는 쓸모가 없어. 어쩌면 기초 이론이 잘못된 걸지도 모르겠군. 나중에 폐기 처분하지."

"잘못된 건 사용법이라고! 너, 자신이 이룩한 게 얼마나 큰 위업인지 눈치 좀 채!"

글렌은 머리를 헤집으면서 괴로워했다.

"이, 이 방에 들어오면 분명 학교에 있는 마술사 대부분이 자신감을 잃겠네……."

루미아도 쓴웃음밖에 나오지 않았다.

이런 식으로 네 사람은 평범한 마술사들이 인생을 걸고 연구해야 하는 수많은 신비가 난잡하게 쌓인 연구실 안을 지나 안쪽에 있는 집무실 겸 응접실로 들어갔다.

"뭐, 일단 마시게. 나는 취미로 텃밭을 가꿀 때도 있지. 물론 백금술을 응용한 품종 개량까지 직접 하는 본격파일세! 잘 보게. 저 화분에 심은 찻잎들을!"

글렌은 방구석에 놓인 화분들을 보고 기겁했다.

"훗, 훌륭하게 자랐지? 덕분에 찻잎이라면 얼마든지 있네. 뭐, 어차피 별거 아니니까 얼마든지 마시게나!"

"흐응~ 나, 저 특징적인 잎사귀, 뭔지 알아~. 고전 식물 도감에서 본 적 있어~. 저거 분명 노블 리스토네아라는, 지금은 멸종된 환상의 특급 찻잎이지~? 설마 재현해내신 검까~?"

"그건 또 뭔가. 몰라. 애당초 이 찻잎은 내 혀에 맞지 않으니 아무렴 어때. 냄새도 강하고…… 차라리 도떼기시장에서

파는 3급 찻잎이 백 배는 더 맛있겠더군!"

"으, 으응……?"

"나 원 참, 이 몸이 손 수 공들였는데도 변변찮은 찻잎이 자라지 않다니. 역시 천재에게도 맞지 않는 일은 있다는 거겠지. ……애초에 텃밭을 가꾸는 것도 슬슬 질렸으니 이제 집어치워야겠군! 이 남은 찻잎들은 나중에 학교에서 사육하는 허브 닭 모이로 처분해야겠어!"

글렌은 신조차 두려워하지 않는 오웰의 발언을 듣고 깊은 한숨을 내쉬었다.

"과거에는 이 찻잎을 둘러싸고 국가 간에 피로 피를 씻는 진흙탕 싸움까지 발발했건만…… 그걸 닭 모이로……."

"우와…… 시스티, 이 차 엄청 좋은 향이 나! 그리고…… 맛있어! 나, 이런 맛있는 홍차는 처음 마셔봐!"

"우린 지금 전설을 체험하고 있는 걸 텐데, 뭐지……? 이 참을 수 없는 패배감은……."

시스티나는 감동과 분함이 뒤섞인 눈물을 뚝뚝 흘리면서 차를 만끽할 수밖에 없었다.

"자, 그럼 차도 대충 마셨으니 바로 본론으로 들어가지!"

세 사람 사이에서는 그냥 마음대로 하라는 식의 분위기가 감돌기 시작했다.

"그럼…… 세기의 대발명을 보여주기 전에…… 자네들은 이 알자노 제국의 현 상황을 어떻게 생각하나."

하지만 자포자기한 분위기의 세 사람과는 정반대로 오웰은 진지한 표정을 한 뒤 질문을 던졌다.

"뜬금없이 무슨……"

"국외에서는 그 광신도 놈들…… 성 엘리사레스 교회의 교황청이 지배하는 레자리아 왕국이, 호시탐탐 우리 알자노 제국과의 합병을 노리고 있지. 이 긴장 상태는 해마다 고조되고 있으니 언제 제2차 봉신 전쟁이 벌어져도 이상하지 않은 위태로운 상황이라고 봐야 해. 당장은 제국이 보유한 우수한 마도 기술에 의한 전력상의 우위가 억지력이 되고 있지만, 레자리아 왕국의 국토와 인구는 제국의 몇 배…… 그 우위를 언제까지 유지할 수 있을지는 아무도 몰라."

"……!"

"그리고 국내에서는…… 그 사악한 마술 결사, 하늘의 지혜 연구회가 암세포처럼 제국을 좀먹기 시작하고 있지. 최근 그 조직의 외도 마술사들이 벌인 잔학한 테러 사건의 연간 발생 건수가 치솟고 있는 걸 봐도 그 조직이 뭔가 좋지 않은 일을 꾸미고 있다는 건 자명한 사실. 표면상으로는 마술사들에 의한 세계 지배가 목표라는 모양이지만, 놈들의 진정한 목적이 그런 단순하고 저속할 리 없다는 건 조금이라도 마술의 어두운 면을 알고 있는 자라면 명약관화한 사실이지. 그 조직은 인간의 상식으로는 재단할 수 없는 무시무시한 음모를 꾸미고 있을 터……"

"그건……."

"이제 이해하겠나? 우리는 마치 당연한 것처럼 일상의 『평화』를 만끽하고 있네. 하지만 그건 마치 살얼음판 위를 걷는 듯한 위태로운 균형 위에 성립한 사상누각의 『평화』에 불과해. 안타깝게도 이 『평화』는 아주 작은 계기로 덧없이 무너질 수도 있겠지. ……나는 조국인 알자노 제국에, 그리고 여왕 폐하께 충성을 맹세한 일개 마술사로서 이 상황을 가만히 두고 볼 수가 없는 거다!"

"오웰……."

"『평화』란! 결코 공짜로 주어지는 것이 아니다! 쟁취하는 거다! 유사시에 누군가가 해결해주길 기대하는 게 아니라 스스로 뭘 해야 할지 생각해야만 해! 나는 제국의 미래를 걱정하면서 내가 해야 할 일, 할 수 있는 일을 심사숙고한 끝에…… 이번 발명을 이 제국과 여왕 폐하께 바치기로 했다."

'이런…… 이 자식, 근본적인 부분은 의외로 정상이잖아…….'

'표면상으로는 좀 문제가 있지만, 근본적으로는 정상인인데다 쓸데없이 재능이 넘치는 인재라서 해고를 못 하는 거였구나…….'

'아마 그 넘치는 열의와 재능을 이상한 방향으로 허비하는 사람인 거겠지…….'

글렌, 시스티나, 루미아는 동시에 탄식했다.

"뭐, 네 훌륭한 신념은 알겠어. ……그래서? 결국, 넌 대체 뭘 발명한 거지?"

"훗…… 이렇게까지 말했는데 아직도 모르겠나?"

"아니…… 아마 국방에 관한 거라는 예상은 간다만……."

그러자 시스티나가 짐작 가는 게 있는지 눈을 초롱초롱 빛냈다.

"국방…… 설마 반자율형 전투용 마도인형의 성능을 실전 수준까지 끌어올리신 건가요?!"

"뭐?! 그건 골렘과 다르게 유연한 작전 행동이 가능하지만, 전장에서의 동작 안정성과 방어 성능에 아직 불안한 부분이 있어서 실전 투입까지는 10년은 더 걸릴 거라던 건데……?"

시스티나의 말에 루미아도 놀라서 큰 목소리를 냈다.

"만약 그 말대로라면 굉장한 일이겠네! 시스티!"

"응! 만약 레자리아와 전쟁이 벌어진다고 해도 병력상의 우위를 극복할 수 있어! 국내 치안의 안정화도……."

루미아와 시스티나는 놀란 얼굴로 서로를 마주 보았다.

"농농, 아가씨들? 좀 더 단순하게 생각해보는 건 어떤가. 애당초 그건 개량이지 발명이 아니잖아? 국내외에서 불온한 분위기를 풍기는 이 상황에서 제국민들이 진심으로 원하는 게 무엇일지 조금만 생각해보면 답은 자연스럽게 떠오를 걸세."

글렌 일행은 도저히 짐작이 가지 않아 난처한 표정을 지었다.

“그래……. 역시 시대는 원하고 있는 거겠지. ……『정의의 히어로』의 존재를!”

“엥……?”

오웰의 말뜻을 이해하지 못한 세 사람은 입을 떡 벌렸다.

“사악한 자들이 활개치고 약자들이 부조리하게 학대받는 암흑의 시대…… 그럼에도 운명에 저항하면서 인류를 이끄는 희망의 별이 될 존재…… 그것이 바로 히어로! 그자의 존재가 인류의 마음속에 살아있는 한, 인류의 마음은 결코 암흑과 절망에 굴복하지 않아! 무고한 민중을 이끄는 희망의 등불…… 히어로! 인류가 진심으로 원하고 있는 건 바로 그런 존재다!”

‘이런…… 이 자식, 근본적인 부분은 의외로 정상인 것처럼 보이지만 역시 제대로 맛이 간 놈이었어…….’

‘근본적으로는 정상이지만, 근원적으로는 비정상인 사람이었구나. ……어떻게 해고해버릴 좋은 방법 없을까?’

‘아마 그 넘치는 열의와 재능을 이상한 방향으로 허비하기는커녕 그대로 갈 데까지 가버린 사람인 거겠지…….’

“그런 고로!”

오웰은 뺨을 실룩거리며 굳어버린 세 사람을 무시하고 기묘한 디자인의 버클이 달린 벨트를 꺼내서 글렌에게 내밀었다.

“정의의 히어로로 변신하는 마도 아이템 『가면 기사의 혼(나이츠 오브 소울)』! 여기에 탄생하다! 흠하하하하하하하하하하하! 나는 내 재능이 두렵구나!"

"뭐야 이건……?"

무의식적으로 벨트를 받은 글렌은 게슴츠레한 눈으로 중얼거렸다.

"설명하지! 이걸 허리에 차고 설정된 포즈와 함께 주문을 영창하면 정의의 히어로 『가면 기사 카이저X』로 변신할 수 있는 거다!"

"아니, 뭐, 대충 그런 걸 거라고 예상은 했다만……."

이젠 한숨밖에 나오지 않았다.

"연금술을 응용한 최신 마도공학의 결정체다! 가면 기사의 갑옷과 검을 순간 고속 연성, 사용자에게 단숨에 장착! 갑옷을 착용하고 있는 동안 사용자는 강력한 신체 능력과 경이적인 방어 능력을 얻을 수 있다! 메인 무기인 검의 위력도 굉장하다고?! 강철을 버터처럼 자를 수 있지!"

"헉?! 발상은 바보 같지만, 이거 실은 엄청난 물건 아냐?!"

글렌은 화들짝 놀랐다.

"단, 갑옷을 장착하고 있는 동안 사용자는 마술을 쓸 수 없다."

"의미가 없잖아! 마술이 전쟁의 핵심이 된 시대를 완전히 역행했잖아!"

"시끄러워! 바보! 뭐가 마술이냐! 웃기지 마, 짜샤!"

오웰은 오히려 자기가 성을 내며 눈에 핏발을 세우고 글렌에게 따지고 들었다.

"히어로는 정의! 정의란 곧 기사도다! 뭐가 마술이라는 거야! 뭐가 마법이냐고! 과거에 마술의 대두로 도태되고 잊힌 정의의 혼…… 기사도를 되찾는 거다! 이 마도 아이템 『나이츠 오브 소울』로! 기사의 검이 마술의 지팡이보다 우월하다는 걸 증명하는 거다! 천재 마술사인 이 몸이 최신 마도기술의 정수를 총동원해서 완성한 세기의 초 마도 아이템 『나이츠 오브 소울』로!"

"태클 걸 부분이 너무 많아! 나, 그냥 집에 갈래!"

"아하하……."

글렌이 힘을 잃고 축 늘어지자 루미아는 마땅히 해줄 말이 없어서 모호하게 웃었다.

"그런 고로 글렌 선생. 즉시 이 나이츠 오브 소울을 장착하고 정의의 히어로 『가면 기사 카이저X』로 변신해주게."

"싫어. 난 갈…… 어라?"

손에 든 버클을 테이블 위에 두고 떠나려 했지만…….

"어, 어? 왜 이러지……? 소, 손이 제멋대로 버클을 쥐고 놓지 않아……?"

"훗훗훗…… 바위에 박힌 선정의 성검을 뽑을 수 있는 자는 선택받은 용사뿐…… 그 버클도 마찬가지!"

오웰은 검지로 글렌을 척 가리키면서 크게 웃었다.

"흠하하하하하! 그 버클도 사용자를 고르는 거다! 아무래도 글렌 선생! 당신은 그 버클의 선택을 받은 진정한 용사인 것 같군! 과연 내가 눈여겨본 남자!"

"뭐어?! 그게 뭐야!"

"사실 그 버클에는 접촉한 사람의 변신 적합률을 자동으로 계산해서, 만약 그자가 변신 적합자라면 절대로 손에서 뗄 수 없게 하는 『축복』이 걸려 있지! 이것이야말로 왕도!"

"『축복』 아니거드으으은?! 이건 『저주』잖아아아아아아!"

"뭐, 그런 건 사소한 문제지. 어쨌든 글렌 선생은 이제 그 벨트를 자신의 의지로 떼어놓지 못해! 하지만 나라면 그 상태를 해주(解呪, 디스펠)할 수 있네만? 자, 그럼 어떻게 할까? 크크크……."

"으어어어어…… 선택의 여지가 없잖아……."

글렌은 머리를 싸맬 수밖에 없었다.

"이제 포기하죠, 선생님. ……얼른 테스트를 끝내고 가는 편이 낫겠어요."

시스티나가 지친 목소리로 말했다.

"아마 괜찮을걸요? 지금까지 교수님의 발명품 때문에 사망자가 나온 적은 일단은 없으니까요……."

"내가 그 첫 번째가 되면 어쩌려고."

글렌이 그렇게 투덜거리자 시스티나와 루미아는 잽싸게 시선을 피했다.

그리고—.

"《변신》!"

"아니야! 팔은 그렇게 휘두르는 게 아니라고! 좀 더 이렇게 하늘로 우뚝 세워서 이 손으로 내일의 빛을 움켜잡겠다아아아아 같은 느낌으로! 발을 움직이는 순서도 달라!"

"벼, 《변신》!"

"부끄러워하지 마! 자신을 버려! 글렌 선생! 지금의 자신을 버리고 새로운 자신으로 태어나고 싶다는 뜨거운 마음을 주문에 담는 거다!"

"《변! 신—!》"

"더! 좀 더 자신의 뜨거운 피를 불태워! 내면에 숨겨진 영혼의 고동에 귀를 기울이는 거다! 소우주(코스모)라든가 포스 같은 걸 온몸으로 느껴!"

"뜨아아아아아아아! 왜 변신 방법을 이딴 식으로 번거롭게 만든 거냐고! 이 짜샤아아아아아!"

"취미로."

"웃기지 마아아아아아아아!"

"후훗, 이 차 역시 맛있네. 루미아. 과연 노블 리스토네아야."

"응, 맞아. 시스티. 향기가 강하니까…… 응, 오렌지 잼으로 살짝 새콤달콤한 맛을 더한 베이글이랑 같이 먹으면 더 좋을지도."

"아, 그거 맛있겠다!"

"《변, 시이이이이이인》!"

"그래, 그렇게 하는 거다! 많이 좋아졌어! ……참고로 방금 생각난 건데 변신 주문은 《변신!》이 아니라 《순전(瞬転)!》이었지 뭐냐. ……에헷, 낼름☆"

"너, 맞을래?!"

뭐, 이런저런 일이 있었지만—.

"《순, 전!》"

글렌은 이상할 정도로 복잡기괴한 동작 후에 천공을 활개 치는 대형 조류 같은 포즈를 잡고 독특한 억양의 주문을 외쳤다.

화악!

그러자 벨트의 버클에서 터진 눈부신 빛이 글렌의 온몸을 감쌌다.

다음 순간, 백은의 전신 갑옷 차림에 순백의 망토를 상쾌하게 나부끼는 신성한 기사가 일동의 눈앞에 모습을 드러냈다.

"훗, 성공이다. 역시 난 천재였나."

"……오, 오오옷……?!"

자신의 머리를 완전히 덮은 페이스 마스크 너머로 방구석에 있는 전신 거울을 들여다본 글렌은 무심코 탄성을 질렀다.

"어, 어떤 해괴한 변태 모습이 될지 걱정했는데……."

"마, 마치 영웅 서사시에 나오는 기사님 같아요……."

"서, 선생님, 멋져요……!"

확실히 약간 과장스럽게 멋을 부리기는 했지만 보는 이를 단숨에 매료하는 예술적인 디자인의 갑옷이었다.

"훗…… 당연하지."

아연실색하는 세 사람 앞에서 오웰은 의기양양하게 머리카락을 쓸어 올렸다.

"이 발명의 핵심인 순간 장갑 장착식을 완성하기까지 사흘 정도 걸렸지만, 갑옷 디자인은 3년이나 걸렸으니까!"

"……너, 바보지? 아니, 물어볼 필요도 없나……."

이제 글렌은 한숨밖에 나오지 않았다.

하지만 발명 자체는 순수하게 찬사를 받을 만했다.

갑옷을 입은 순간부터 글렌의 온몸에는 지금까지 느껴본 적 없는 압도적인 힘이 흘러넘치고 있었다. 일반적인 신체능력 강화 술식은 몸에 부담이 가기 마련이지만 이 갑옷에는 그런 느낌이 전혀 없었다. 게다가 경악스럽게도 이 갑옷의 주재료는 아무래도 진은(眞銀)[미스릴]인 것 같았다. 그래서 중후한 겉모습에 비해 훨씬 가벼웠고 방어 성능은 굳이 시험해볼 것까지도 없으리라.

그런 갑주를 고속으로 연성해서 사용자에게 단숨에 장착시키는 그 기술은 확실히 현대 연금술의 2, 3세대를 앞서가고 있었다.

뭐랄까, 성실하게 마술을 연구하는 게 바보같이 느껴질 정도로 고도의 마도 공학 기술이 적용된 것만큼은 틀림없었다.

“아무튼 테스트는 성공이지? 나, 이제 가도 될까? 이건 어떻게 벗어?”

“잠깐! 아직이다! 아직 테스트는 끝나지 않았어!”

오웰은 잽싸게 글렌의 앞을 가로막았다.

“가면 기사 카이저X가 지닌 정의의 히어로로서의 힘을 아직 시험해보지 않았단 말이다!”

“무슨 수로 시험하게?”

“흠…… 실제로 평화를 어지럽히는 악당과 싸워보면 간단하겠지만…… 유감스럽게도 요즘은 평화 그 자체! 에잇! 얼른 무너지지 못할까, 평화! 지금이라면 가면 기사 카이저X가 상대해줄 수 있거늘!”

“발언이 경솔한 것도 정도가 있지…….”

“평화를 지키려고 만들었다면서요…?”

맥 빠진 한숨밖에 안 나왔다.

그래도 뭐, 적이 없는데 어쩌겠어. 오늘은 여기서 끝…….
글렌 일행이 그렇게 생각하고 안도의 한숨을 내쉰 순간—.

“어쩔 수 없군! 한시라도 빨리 무너졌으면 좋겠지만, 기대하면 오히려 유지되는 것 또한 평화. 그렇다면 적극적으로 평화를 무너트릴 필요가 있겠군……. 모든 이의 평화를 지키기 위해!”

……아무래도 생각이 너무 짧았나 보다.

"잠깐 기다려봐……. 그 논리는 뭔가 이상하잖아!"

글렌이 멱살을 잡고 뺨이 실룩거리는 얼굴로 노려봤지만 오웰은 전혀 개의치 않았다.

"그런 고로 이때를 위해 만들어둔 내 특제 『악의 전투용 마도인형』들을 소환 기동해서 학교를 습격해보도록 하겠다!"

"대체 무슨 사태를 상정한 건데?! 아니, 그보다 너 어지간히 한가한가 보다?!"

"흠하하! 보아라! 이 소환 스위치를 누르면 악의 마도인형들이 학교 부지 여기저기에 출현해서 학교를 공포의 구렁텅이로 빠트릴 것이다! 으하하하하!"

오웰이 응접용 테이블 위에 내던진 상자형 장치에는 커다란 버튼이 달려 있었다.

"진짜 바보 아냐아아아아아아?! 아니, 그보다 이 발명품의 성능을 시험하고 싶으면 평범하게 전투 훈련용 골렘을 상대로 싸우면 되잖아!"

"멍청한 놈! 진정한 적, 진정한 공포에 겁에 질려 갈팡질팡하는 무고한 사람들! 구세주의 등장을 간절히 바라는 민초들의 무구한 마음의 외침! 그런 타오르는 시추에이션이 준비되어 있어야만 정확한 실전 데이터를 얻을 수 있는 법! 그리고 정의의 히어로인 자네가 그들을 지킨다면 문제 될 건 전혀 없다!"

"문제가 차고도 넘친다니까! 왜 하나부터 열 끝까지 죄다

주객전도인 거냐고! 안 해! 난 절대로 안 해!"

"호오…… 과연 그런 소리를 해도 될까?"

오웰은 사악한 미소를 지었다.

"만약 정의의 히어로인 자네가 싸움을 포기한다면, 내 악의 마도인형들은 아무 죄도 없는 학생들에게—."

"뭐…… 너?! 관둬! 학생들에게는 손대지 마!"

"내가 발명한 특제 『어쨌선지 옷만 녹이는 용액』을 분사할 거다!"

"훗, 훌륭한 발명품이군. 슈더 교수. 오케이, 맘껏 해봐."

글렌의 신속한 태세 전환에 시스티나는 그 자리에서 고꾸라졌다.

"학교의 평화는 내가 지킨다!"

"그래! 그 마음가짐이다! 글렌 선생!"

"—그게 아니잖아요! 두 분, 적당히 좀 하시라구요!"

시스티나가 벌떡 일어나서 책상을 힘껏 내려쳤지만—.

딸깍.

그녀의 손바닥 밑에는 바로 그 스위치가 있었다.

""""……아.""""

많은 학생이 붐비는 점심시간의 안뜰— 학생들의 쉼터에서.

"뭐, 뭐죠……?"

글렌 반의 여학생인 웬디는 벤치에 앉아 자신의 애독서인 시집을 펼친 순간, 갑작스러운 이변을 눈치챘다.

별안간 나타난 수많은 마도인형이 안뜰에 모인 학생들을 포위한 것이다.

"전투용 마도인형……? 왜 저런 게 이런 곳에……."

주위를 둘러보자 다른 학생들도 불안한 얼굴로 고개를 갸웃거리고 있었다.

『규정 프로그램에 따라 공격을 개시합니다.』

마도인형들은 그런 학생들을 향해 손바닥을 내밀었고…….

푸슈우우우우우웃!

정체불명의 액체를 세차게 분사했다.

『꺄아아아아아아아아!』

『으, 으아아아아아아아아앗?!』

『히이이이이익?! 내, 내 옷이! 옷이이이이이이!』

『잠깐! 웬디! 공격 주문(어설트 스펠)은 참…… 으갸?!』

현재 오웰의 연구실에 있는 거대한 수정옥형 마도기에서는 안뜰에서 펼쳐지는 상황이 실시간 영상으로 비치고 있었다.

"……이 거 참 끔 찍 하 군."

그 참극을 본 글렌은 고개를 떨구며 신음을 흘렸다.

오웰 특제 『어째선지 옷만 녹이는 용액』이라는 이름은 겉치레가 아니었다. 안뜰에 펼쳐진 건 살색 천국이었다.

"이 멍청아! 왜 남자만 노리는 거냐고오오오오오오오!"

하지만 글렌이 피눈물을 흘리면서 외친 말대로 마도인형이 용액을 뿌리는 대상은 남학생 한정이었다. 여학생들은 비명을 지르면서 하나둘씩 안뜰에서 달아났다.

"훗. 나는 숙녀에게 손을 대지 않는 신사라서 말이지. 인형의 행동 패턴도 그렇게 프로그래밍해뒀거든."

"누구 좋으라고, 짜샤!"

글렌은 쓸데없이 신사적인 데다 자랑스러운 표정의 오웰을 속공으로 걷어찼다

"참 나, 하얀 고양이! 너, 사고 한 번 제대로 쳤다?"

"아, 아와와…… 죄, 죄송해요! 선생님!"

"젠장, 어쩌지? 어떻게든 하지 않으면 이대로 학교 전체가 남자만의 살색 도원향이 돼버릴 거라고! 그런 『지옥(게헨나)』은 필요 없거든?!"

글렌은 미간을 찡그리며 신음을 흘렸다.

"아, 진짜! 빌어먹을! 이렇게 된 이상 어쩔 수 없지!"

그리고 자포자기하는 심정으로 오웰의 연구실을 뛰쳐나왔다.

완전히 태어났을 때와 다름없는 모습이 된 수많은 남학생은 손으로 저마다 다리 사이를 가린 채 몸을 웅크리고 있었다.

"시, 싫어어어어어어! 누가, 누가 좀 도와주세요오오오!"

그런 가운데 불행하게도 제때 도망치지 못한 웬디는 이성

을 잃고 울부짖었다.

이 마도인형들은 여성에게 위해를 끼치지 않도록 설정되어 있었기에, 실제로는 새로운 표적을 찾느라 주위를 서성이고 있는 것뿐이었지만 공황 상태에 빠진 그녀는 그 사실을 눈치채지 못했다.

"뇌, 뇌, 《뇌정의 자전이여》!"

그리고 몇 번이나 어설트 스펠을 날렸지만 마도인형들은 전혀 쓰러질 낌새를 보이지 않았다.

"흠하하하하하! 소용없다! 트윈 테일의 미소녀여! 그 마도인형들은 이 몸이 직접 개량해서 전장에서의 동작 안정성과 방어 성능을 실전에 투입 가능한 수준까지 끌어올린 것들이니까! 학생 수준의 어설트 스펠 따윈 통하지 않아!"

"아하, 아하하……."

시스티나는 수정옥에서 중계되는 영상을 들여다보며 깊은 한숨을 내쉬었다.

"아와와와…… 아, 아버지, 어머니, 용서해주세요. 오늘 두 분의 딸인 웬디는 더렵혀질지도 모르겠답니다……."

한편, 마도인형들에게 완전히 포위당한 웬디가 마침내 눈물을 머금고 체념한 순간—.

"잠깐!"

느닷없이 안뜰 맞은편 건물 옥상에서 백은의 기사가 모습을 드러냈다.

"죄 없는 이들에게 부당한 괴롭힘을 가하는 악랄한 자들이여! 설령 위대한 주님께서 용서하시더라도 나는 용서 못 한다!"

"어?! 누, 누구세요?!"

"나는 태양의 사도! 이름하여 가면 기사— 카이저X!"

글렌은 그렇게 선언하는 동시에 하늘을 활개 치는 대형 조류 같은 포즈를 취했다.

"하앗!"

그리고 옥상을 박차고 공중에 몸을 날린 백은의 기사는 찬란한 햇빛을 반사하며 웬디 옆에 착지했다.

수정옥 너머로 그런 글렌의 모습을 지켜본 시스티나와 루미아는—.

"……아주 신나셨네. ……뭐야. 선생님 실은, 저 모습이 꽤 마음에 드셨던 건가?"

"아, 그게…… 선생님은 정의의 사도 같은 걸 좋아하시잖아? 조금 흥분하신 것뿐일 거야, 아마도."

"하아…… 남자라는 것들은……"

"오너라! (자칭)전투 천사에게서 하사받은 신의 염인(焰

刃)…… 성검 엑셀리온 블레이드(명명 : 본인)!"

등에 멘 대검을 빼 든 글렌은 한 줄기 바람처럼 달리면서 마도인형들을 베어 넘겼다.

그러자 그토록 튼튼했던 마도인형들의 몸이 마치 버터처럼 손쉽게 썰려나갔다.

『○×△□○×△□~?!』

그리고 단말마와 동시에 부자연스러울 정도로 화려한 일곱 빛깔의 섬광을 흩뿌리며 폭발한 마도인형들은 빛의 입자로 분해돼서 소멸했다.

"뭐, 뭐예요! 저건! 소멸 방식이 왠지 묘하게 화려해?! ……대체 뭐가 어떻게 된 거죠?"

"흠하하하하하하하하하! 역시 적이 폭발하는 건 로망이니까 말이지! 마도인형을 개량하는 데는 사흘 정도밖에 안 걸렸지만 저 예술적인 폭발 씬을 완성하는 데는 거의 3년이 걸렸다! 감개무량하군!"

"쓸데없는 노력에도 정도가 있지?!"

수정옥 너머에서 그런 시시한 언쟁이 벌어지는 가운데, 글렌은 안뜰에서 일방적인 학살극을 벌이는 중이었다.

"하아아아아아아아아아압!"

갑옷의 효과로 신체 능력이 엄청나게 강화된 글렌의 움직

임은 그야말로 압권이었다.

글렌이 검을 한 번 휘두를 때마다 마도인형들은 속수무책으로 폭발했다.

멋진 백은 갑옷.

글렌이 휘두르는 검에서 섬광 같은 참격의 화려함.

인간을 뛰어넘은 속도와 힘으로 약동하는 사지.

그리고 화려하게 사라지는 적. 일곱 빛깔의 폭발과 빛의 입자가 수놓는 전장.

진지하게 생각하는 것이 바보 같을 정도로 환상적인 그 광경은 마치 신화의 천사와 악마의 싸움을 묘사한 성화(聖畵)처럼 화려하고도 신성했다.

눈 앞에 펼쳐진 광경에 압도당한 웬디는 그저 눈을 크게 뜬 채 넋을 잃을 수밖에 없었다.

"가……가면 기사님……."

점점 커지는 고동을 가라앉히려는 듯 가슴 앞에서 손을 맞잡고 뜨겁게 젖은 눈으로 글렌을 바라보기 시작했다.

"자, 잠깐 웬디…… 너, 제정신?"

"왜, 왠지 웬디의 눈이…… 사랑에 빠진 소녀 같지 않아?"

"이건 흔들다리 효과로군. 흠, 흥미로워……. 좋았어! 다음 연구 테마가 정해졌군!"

"당신은 좀 조용히 계세요! 슈더 교수님!"

그리고—.

"오의(奧義) 섬공참광검!"

그런 이름의…… 그저 검을 힘껏 풀스윙했을 뿐인 일격이 최후의 마도인형을 양단했다.

이번에도 마도인형은 화려하게 폭발한 후 빛의 입자로 변해서 소멸했다.

"훗…… 이 세상에 악이 활개 칠 곳은 없다!(이 몸 최강!)"

훗날 이때의 기억을 떠올리며 이불을 사정없이 걷어찰 줄은 아직 꿈에도 모르는 글렌은, 영문 모를 카타르시스를 느끼면서 검을 거두었다.

그리고 뜨겁게 달아오른 얼굴로 자신을 멍~하니 바라보는 웬디에게 시선을 돌렸다.

"다친 곳은 없나? 아가씨."

"예? 아, 그게…… 저, 저는…… 괜찮……아요. ……다, 당신이…… 지켜주셨는걸요……."

평소의 자존심이 세고 드센 그녀는 대체 어디로 간 것일까. 마치 다른 사람처럼 얌전해진 웬디는 머뭇거리면서 뺨을 붉히더니 부끄러운 듯 고개를 푹 숙이고 말았다.

"가, 감사……해요, 기사님……. 저, 저기…… 하다못해 뭔가 보답을……."

"훗, 그런 건 필요 없소. 굳이 말하자면 그대의 미소가 최고의 보답이겠지."

"아?!"

글렌의 느끼한 대사에 웬디는 귀까지 새빨개졌다.

"노……놀리지 마세요. ……전 진지한데…… 기사님, 너무 해요……."

"하하하! 미안하구려! 너무나도 아름다운 숙녀 앞이라 나도 조금 들뜬 모양이로군!"

그렇게 말한 글렌은 망토를 펄럭이며 등을 돌렸다.

"어둠의 마수가 그대라는 광휘의 꽃을 꺾으려 할 때, 나는 반드시 그대의 곁으로 달려오겠소! 그럼 안녕히!"

그리고 그대로 달려갔다.

"기, 기다려주세요! 성함을…… 하다못해 당신의 본명을……!"

웬디는 애달픈 표정으로 그의 등을 향해 손을 뻗었다.

이게 오페라였다면 지금쯤 웬디의 주위에 수많은 장미가 흐드러지게 피었겠지만 지금 그녀의 주위에 있는 건 훌쩍거리고 있는 알몸의 남학생들뿐이었다.

"……뭐 야 저 게……?"

"아하, 아하하……."

수정옥 너머에서 펼쳐진 지독한 촌극을 지켜본 시스티나와 루미아는 가벼운 현기증을 느꼈다.

"하아 왠지 이상하게 짜증이 나는데…… 아무튼 이걸로 테스트는 끝난 거죠?!"

"그……그러네. 무사히……라고 하기에는 좀 미묘하지만 끝나서 다행이야."

"어쩜 선생님도 그렇지! 뭐야 저 대사는! 우쭐대는 것도 정도가 있지! 나중에 반드시 설교해줄 테야……!"

어째선지 갑자기 기분이 상한 시스티나가 오웰을 돌아보았다.

"슈더 교수님! 선생님이 돌아오시면 냉큼 저 지긋지긋한 갑옷을 풀어…… 어라?"

하지만—.

"어? 슈더 교수님……?"

조금 전까지 바로 거기에 있었던 오웰의 모습은 어디에도 없었다.

"이상하네……. 슈더 교수님, 어디로 가신 거지?"

루미아는 의아한 얼굴로 고개를 살짝 갸웃거렸다.

'……음~ 나, 혹시 분위기를 타서 엄청 위험한 짓을 저지른 거 아닌가?'

글렌이 어렴풋이 그 사실을 자각하면서 한시라도 빨리 웬디의 곁에서 벗어나려 한 순간—.

"꺄아아아아아아아아?!"

"?!"

갑자기 뒤에서 들린 웬디의 비명에 반사적으로 몸을 돌렸다.

그곳에는—.

"흠하하하하하하하하하하! 방심했구나, 가면 기사 카이저X!"

글렌이 입은 백은의 갑옷과 완전히 똑같은 디자인이지만 검은색의 갑옷을 입은 수수께끼의 남자가 웬디를 뒤에서 붙든 채 가녀린 목에 대검을 대고 있었다.

"너, 너는?!"

"나의 이름은 흑기사! 여기에 등장!"

"……아니, 너 오웰이지?"

글렌은 오늘 벌써 몇 번째 느끼는 건지 모를 현기증을 필사적으로 견뎠다.

"대체 무슨 짓이야. ……이번에는 또 무슨 속셈이지?"

"훗! 가면의 히어로에게는 대립하는 라이벌의 존재가 필요불가결! 평화를 위해 나는 눈물을 삼키고 어둠에 몸을 던질 수밖에 없었던 거다!"

"지옥에나 떨어져라."

"흠하하하하! 믿었던 동료가 적이 되는 전개 또한 로망!"

"아니, 눈곱만큼도 안 믿었거든?"

글렌은 어깨를 부들부들 떨었다.

"실은 순간 장갑 장착식은 완전히 새로운 마도술식! 장갑을 몸에 장착하는 순간 압사나 질식사 같은 목숨이 걸린 트

러블이 발생할 가능성도 있었다만, 자네가 테스트해준 덕분에 완벽한 안정성을 확인할 수 있었던 거다! 그래서 나도 안심하고 타락할 수 있었던 거지! 감사를 표하마, 가면 기사 카이저X! 흠하하하하하하하하하!"

"뭐랄까⋯⋯ 너, 좀 진심으로 패고 싶다."

이 정도로 자신에게 솔직하고 프리덤한 인간은 처음 봤다. 예를 들면 세리카나 자신도 상당히 변변찮은 인간이라고 생각했는데⋯⋯ 이 남자에 비하면 귀여운 축에 드는 편이 아닐까?

"자, 그럼 누가 더 진정한 히어로에 어울리는지 승부를 내자! 카이저X! 말해두지만⋯⋯ 이 흑기사의 갑옷이 지닌 성능은 자네가 입은 갑옷의 두 배다!"

"우와, 치사해라⋯⋯."

"그리고 이 승부를 받아들이지 않는다면⋯⋯ 이 소녀가 어떻게 될지 알고 있겠지? 크크크⋯⋯."

"기, 기사님⋯⋯. 싸우시면 안 돼요. ⋯⋯부디 전 신경 쓰지 마시고⋯⋯."

애당초 인질을 잡은 시점에서 히어로 실격이겠지만⋯⋯ 그렇게 태클을 걸고 싶은 걸 참은 글렌은 흑기사— 오웰을 마주 보았다.

"그래, 좋다. ⋯⋯상대해주지. ⋯⋯슬슬 나도 인내심이 한계에 달하기 직전이었으니까."

"훗, 역시 소녀를 위해 승산 없는 싸움에 몸을 던지겠다는 건가!"

"기, 기사님…… 절 위해……."

"하지만 네놈은 잊고 있는 게 아닌가? 나에게는 이 인질이 있거늘."

"아, 그건 문제없어. 사실 난 이런 상황을 타개할 마법의 단어를 알고 있거든."

"……음?"

글렌은 의아해하는 오웰 앞에서 검을 내던졌다.

"자, 와라! 흑기사! 검 따윈 버리고 덤벼보시지!"

그리고 주먹을 겨누었다.

"훗! 그렇군……. 사나이의 승부에 인질 따윈 필요 없다는 건가……. 물론 검 또한! 난…… 네놈 따윈 두렵지 않아! 이 자리에서 네놈을 피투성이로 만들어주마아아아아아아아아!"

그러자 오웰은 마지막까지 시원스러울 정도로 로망에 집착하며 인질과 검을 포기한 채 맨손으로 글렌에게 달려들었다…….

뭐, 당연하다면 당연하겠지만…….

파격적인 천재라곤 해도 육체적으로는 빈약한 마술 연구원에 불과한 오웰과, 과거 제국군에서 혹독한 전투 훈련과 실전 경험을 쌓아온 글렌. 그런 두 사람이 『맨손 격투』로 붙으면 과연 어떻게 될지…… 고작 두 배 정도의 성능으로 그 차이를 메울 수 있을지…… 결과는 보나 마나 뻔했다.

몇 분 후.

"아~ 속 시원하다~! ……살아있다는 건 멋져."

가면 때문에 보이지는 않았지만 아마 엄청나게 상쾌한 미소를 짓고 있을 글렌의 옆에는—.

"……쿨럭(각혈)!"

갑옷의 원형을 알아볼 수 없을 지경까지 온몸을 흠씬 두들겨 맞은 오웰이 분장한 흑기사가 넝마처럼 뻗어있었다.

"하, 하긴 그렇겠지……. 아무리 갑옷의 성능이 위라도…… 격투 스킬이 없으면 의미가 없는 거겠지……. 왠지 이상하다고는…… 생각했어……."

오웰이 그렇게 중얼거리는 한편—.

"기사님…… 역시 멋진 분."

"저 처참한 린치를 한참 동안 지켜봤으면서도 아직 그런 말이 나오다니…… 웬디. 너, 진심으로 괜찮아?"

"아하하…… 사랑은 맹목적이네……."

멀리서는 웬디가 뜨겁고 애절한 눈으로 글렌의 등을 쳐다보았고, 안뜰까지 나온 시스티나와 루미아는 불안한 한숨을 내쉬었다.

"오늘은 너의 승리다, 카이저X……. 하지만 기억해둬라!

인간의 마음에 어둠이 존재하는 한…… 언젠가 반드시 제2, 제3의 흑기사가 나타나리라는 것을…… 그럼 작별이다!"

그리고 오웰은 허리춤의 버클을 조작했다.

삐~ 삐~.

곧 글렌의 갑옷과 오웰의 갑옷에서 이상한 소리가 났다.

『『앞으로 30초 후에 자폭합니다.』』

이런 마술 음성도 동시에 흘러나왔다.

"……야, 너 인마…… 지금 무슨 짓 했냐?"

가면 때문에 보이지는 않았지만 아마 얼굴이 새파랗게 질렸을 글렌이 신음을 흘렸다.

"뻔하지 않나. 자폭이다, 자폭. 자폭은 남자의 로망! 이 『나이츠 오브 소울』 시리즈에는 전부 자폭술식이 탑재되어 있지."

"진짜 변변찮은 짓만 벌이는 놈일세……. 자중 좀 해라."

"그리고! 악의 보스가 맞이하는 최후는 역시 자폭으로 정해져 있는 법. 그 섭리에 따라 나는 미련 없이 폭사하겠다."

"아니, 네가 어떻게 되든 딱히 상관없는데…… 내 갑옷의 자폭술식까지 발동한 건 왜냐?"

"……어? 아, 진짜네. 이건 아마도 자폭술식의 기폭 구조가 흑기사와 완전히 동일하기 때문이로군! 천재인 이 몸이 이런 깜찍한 실수를…… 에헷☆"

"……그러냐."

글렌은 힐끔 소녀들을 돌아보았다.
"아, 안 돼애애애애애애! 기사니이이이이이이임!"
그러자 시스티나와 루미아가 눈물을 흘리는 웬디를 잡아 끌고 멀리 피난하는 모습이 보였다.
루미아는 미안한 얼굴로 손을 마주 대고 연신 고개를 숙였다.
딱히 그녀들을 원망하지는 않았다. 이런 바보짓에 말려들 필요는 전혀 없다고…… 진심으로 그렇게 생각했다.
그래도 딱 한 마디만은 하고 싶었다.
"웃기지 마아아아아아아아아아아아아아아아아아아아아!"
번쩍!
그런 글렌의 영혼의 절규는 학교 전체를 뒤흔드는 대폭발에 집어삼켜졌다.

다음 날—.
"야, 그 이야기 들었어?"
"응. 오웰 슈더 교수가 어제 또 문제를 일으켰다며."
"이번 사태는 어떤 의미로는 사상 최악의 지옥이었다더라."
"아~ 이번에는 말려들지 않아서 다행이다……. 진짜 천만 다행이야."
온 학교가 어제 벌어진 참극에 관한 소문으로 떠들썩했다.
"……그래서? 슈더 교수는?"

"아, 온몸에 붕대를 칭칭 감고서도 멀쩡한 얼굴로 연구실에서 또 수상한 연구를 시작하고 있대."

"켁, 이번에도 안 죽었냐……."

"죽기는커녕 『멋진 라이벌 겸 파트너』를 발견했다면서…… 묘하게 신이 난 얼굴로 의욕이 넘친다더라."

"뭐?! 우, 웃기지 마! 누구야, 그 변태 마스터한테 그런 탐스러운 먹잇감을 던져준 바보는!"

"누군지는 모르겠지만 어차피 변변찮은 인간이겠지……."

반 여기저기에서 작은 목소리로 그런 대화를 나누는 가운데, 교단 위의 글렌(전신 붕대와 화상투성이)은 파랗게 질린 얼굴로 애써 못 들은 척하며 칠판에 마술식을 적고 있었다.

시스티나는 깊은 한숨을 내쉬었다.

루미아는 쓴웃음을 지었다.

"기사님……."

그리고 웬디는 창가 옆자리에서 턱을 괸 채 우울한 표정으로 창밖을 바라보고 있었다.

"당신은 정말 그 폭발로……? 아니, 그럴 리가 없어요. 그 분은 틀림없이 살아계실 거예요. 전 믿고 있답니다. ……그리고…… 또 언젠가……."

웬디의 예쁜 입술에서 흘러나온 안타까운 한숨이 더없이 푸르른 페지테의 하늘로 흩어졌다.

제국 궁정 마도사
아르바이터 리엘

Alzerna imperial sorcerer arbeiter Re=L

Memory records of bastard magic instructor

어느 날 알자노 제국 마술학원의 뒤뜰에서—.

"당신을 늘 지켜봤습니다! 제발 저랑 사귀어주세요!"

"아……."

당혹스러워하는 루미아 앞에 한 남학생이 고개를 숙이고 있었다.

편지를 읽고 나온 루미아가 남학생에게 고백을 받는, 청춘 가도의 한 장면 같은 광경.

"미안, 에이크 군. 나는……."

루미아는 미안한 얼굴로 고개를 숙였다.

이 남학생에게는 씁쓸한 경험이 되겠지만 나중에 돌이켜 보면 무척 좋은 추억이 될 청춘의 한 페이지가 완성되려 한 순간—.

"루미아!"

분위기를 읽지 못하는 고함이 울려 퍼졌다.

두두두두!

한 소녀가 무표정이지만 귀기가 철철 넘치는 기세로 맹렬히 달려왔다.

아무렇게나 자란 파란 머리를 적당히 끈으로 묶은 작은 체구의 소녀였다. 그 가느다란 손에 들고 있는 건 대검— 길고 거대한 데다 투박한, 작은 체구의 소녀에게는 너무나도 어울리지 않는 물건이었다.

"리엘?!"

"히익?!"

갑작스럽게 등장한 이상한 난입자의 모습에 남학생은 겁에 질려 뒷걸음질을 쳤다.

"루미아한테서…… 떨어져!"

질풍 같은 속도로 남학생과의 거리를 단숨에 줄인 소녀—리엘은 대검을 번쩍 쳐들더니 섬전처럼 내리쳤다.

콰앙!

온 학교에 울려 퍼진 성대한 파괴음.

겁에 질린 남학생이 머리를 부여잡고 몸을 웅크린 뒤쪽 — 학교 건물의 벽 — 을 일격에 분쇄한 소녀의 검 너머에는 커다란 구멍이 뚫려 있었다.

"아, 아, 아아아아아아아앗?!"

리엘은 청춘의 씁쓸한 추억이 두 번 다시 떠올리고 싶지 않은 최악의 기억으로 뒤바뀐, 울먹이고 있는 가엾은 남학생에게 검끝을 겨누었다.

"루미아에게 손을 댈 생각이라면 용서 못 해. 베어버릴 거야."

아무런 감정도 느껴지지 않는 담담한 말투였지만 이 상황이 오히려 더 공포심을 부채질했다.

"앗, 얘! 리엘! 그런 난폭한 짓을 하면 못써!"

어안이 벙벙한 루미아, 주저앉은 상태로 겁에 질린 남학생, 대검을 든 리엘.

그런 그들 앞에 한발 늦게 달려온 은발 소녀.

"시스티?! 어떻게 여기에?!"

"미안! 네가 편지로 불려나간 게 엄청 신경 쓰여서…… 건물 뒤쪽에서 몰래 엿— 지켜보고 있었는데, 갑자기 리엘이 폭주해버리는 바람에……."

숨을 헐떡이며 달려온 시스티나는 미안한 목소리로 변명한 후 화난 얼굴로 리엘을 돌아보았다.

"얘도 참, 대체 무슨 짓이야!"

"그치만……."

시스티나가 혼을 내자 리엘은 살짝 풀이 죽었다.

"이 녀석이…… 루미아한테 『나랑 맞찔러줘[#1]』라고 했는걸."

"……응? 그게 왜?"

"내가 달려오지 않았으면…… 루미아는 이 녀석한테 칼 같은 걸로 『찔렸을지도』 몰라. 늦지 않아서 다행이라고…… 생각해."

"그게 아니야! 『사귀어달라는』 건 남녀 교제를 신청한 것뿐이라구!"

"……남녀 교제?"

리엘은 살짝 눈을 크게 뜨고 루미아를 돌아보았다.

"루미아. 남녀 교제……가 뭐야?"

#1 맞찔러줘 일본어로 사귀다와 뭔가 날카로운 것으로 맞찌르다는 발음이 같다.

"아, 아하하…… 그건 있지……."

루미아는 리엘의 귓가에 입을 대고 남녀 교제에 관한 기초 지식을 간단히 설명했다.

"……잘 모르겠지만…… 서로 좋아하는 남녀가 하는 일이라는 거지?"

"응. 뭐, 그렇게 되려나……."

그러자 리엘은 등을 돌리더니 바닥에 주저앉아서 덜덜 떠는 남학생을 졸린 듯한 눈으로 내려다보았다.

"그런 거라면 무리야. 루미아가 좋아하는 건 아마도 글렌. 그러니까 루미아는 글렌이랑 남녀 교제를 하게 될 거야. 포기해."

씁쓸하기만 할 뿐인 청춘의 한 페이지를 최악의 한 페이지로 뒤바꾼 파란 악마가 인정사정없는 최후의 일격을 날렸다.

"으, 으아아아아아아아아아아아아아아아아아아아아아앙!"

남학생은 울면서 달려갔다.

"얘, 얘도 참! 그게 무슨 소리니! 난 그런……."

루미아는 약간 뺨을 붉히면서 당황한 목소리로 말했다.

"괜찮아. 루미아랑 글렌이 남녀 교제를 할 때는 나도 도와줄게. 나도 글렌을 좋아하니까."

리엘은 평소와 다름없는 무표정으로 약간 의기양양하게 대검을 척 겨누었다.

"아, 아하하…… 뭔가 또 오해를 한 거 같네."

"지금 그러고 있을 때가 아니야, 루미아. 아까 전의 소리를 듣고 사람들이 모이기 시작했어. 어쩌지……?"

시스티나는 한숨을 내쉬면서 주위를 돌아보았다.

그러자 큰 소리에 놀란 사람들이 이쪽으로 차례차례 모여들고 있었다.

시스티나가 힐끔 시선을 돌린 곳에는…… 벽에 커다란 구멍이 뚫려있었다.

"리 이 에 엘~?!"

학교 교무실.

관자놀이에 힘줄을 세운 글렌은 눈앞에서 멍하니 서 있는 리엘을 노려보았다.

"왜 그래? 글렌. 얼굴 이상해."

하지만 글렌의 귀신 같은 표정 앞에서도 리엘은 흔들림 없는 졸린 듯한 무표정을 고수하며 관심 없는 목소리로 대답했다.

"너, 말이다……. 대체 몇 번이나 문제를 일으켜야 직성이 풀리는 거야?"

"……문제? 그럴 리가. 내가 문제를 일으켰다니…… 분명 글렌의 착각일 거야."

"웃기지 마아아아아아아아아아아아아아아아아아아아아아!"

아직 쓰다만 시말서를 머리 위로 집어 던진 글렌은 리엘의 양쪽 관자놀이에 주먹을 대고 엄청난 기세로 빙글빙글 스핀을 넣었다.

“아파.”

“너, 이번 주에 이런 기물 파손만 대체 몇 번째야! 덕분에 난 감독 불이행이라는 명목의 시말서 집필 활동이 인기 작가 수준으로 엔들리스 루프 중이라고! 짜샤! 인세라도 내놔! 빌어먹을!”

“선생님! 진정하세요!”

루미아가 글렌을 달랬다.

“말리지 마! 이 녀석 때문에 내 월급이 얼마나 날아갔는지 알기나 해?! 인세로 돈을 벌기는커녕 쓰면 쓸수록 생활이 궁핍해지는 막장 사양이라고오오오오오오!”

“힘들겠다.”

“네 가 할 소 리 냐?! 네가! 이 만악의 원흉!”

글렌은 마치 남 일처럼 중얼거린 리엘의 머리를 움켜잡고 바이스처럼 꽉 조여 버렸다.

“아파.”

“젠장…… 사회 부적응자라는 건 처음부터 알고 있었지만…… 역시 이대로는 문제가 있겠어.”

글렌의 한숨 섞인 탄식에 시스티나도 이 순간만큼은 동의했다.

리엘 레이포드.

그녀는 원래 이 학교의 학생이 아니었다. 글렌이 제국군에 있었던 시절의 동료— 제국 궁정 마도사단 특무분실에 소속된 현역 마도사였다.

제국군에서 복잡한 사정을 가진 루미아를 비밀리에 호위하기 위해 지난달에 편입생으로 파견한 요원.

그리고 비슷한 시기에 갔었던 원정 수학여행 처에서 겪은 사건 덕분에 진정한 의미로 2반의 일원이 될 수 있었지만…….

그 특수한 출생과 상식 부족 때문에 발생하는 엉뚱한 발언과 행동은 여전히 큰 골칫거리였다.

'나 원 참…… 무슨 좋은 방법 없나? ……이대로면 내 지갑 사정이 본격적으로 위험해지겠어…….'

리엘이 일으키는 문제…… 특히 기물 파손으로 발생하는 손해는 감독불이행이라는 명목으로 전부 글렌이 부담하고 있었다. 안 그래도 문제행동으로 자주 감봉당하는 글렌에게는 뼈아픈 지출이었다. 세상은 참으로 불합리하다.

'리엘이 일반 상식을 배우면서…… 나도 뭔가 이득을 볼 방법은…… 음, 그거다!'

좋은 아이디어가 떠오른 글렌은 검지로 리엘을 척 가리켰다.

"좋아, 리엘. 너, 아르바이트해!"

"아르바이트? 일하라는 뜻?"

리엘은 졸린 표정으로 고개를 살짝 갸웃거렸다.

"그래, 잘 아네. 장하다. 곰곰이 생각해봤는데 네 세상은 아직 좁아. 그러니 일단 평소와는 다른 사람들이랑 같이 일하면서 사회가 어떤 식으로 굴러가는지 공부해봐."

"아, 그거 괜찮겠네요."

루미아도 웃으면서 동의했다.

"저도 전에 근처에 사는 아이들 상대로 가정교사 아르바이트를 해본 적이 있었는데요. 그냥 공부만 하는 것과는 다른 시점의 발견이 잔뜩 있어서 많은 공부가 됐었거든요."

"그치? 역시 사회에 나가서 일하는 건 멋지지?!"

"……선생님이 말씀하시니 엄청나게 위화감이 있는데요."

시스티나는 게슴츠레한 눈으로 일단 태클을 걸었다.

하지만 그녀도 의견 자체는 나쁘지 않다고 생각했다.

"뭐, 선생님치곤 제대로 된 생각이네요. 예, 그런 거라면 저희도 협력……."

그래서 솔직하게 칭찬하고 돕겠다는 말을 꺼내려 했다.

'크크크……. 좋았어~. 이대로 내가 고용인을 중개해서 리엘의 아르바이트비를 가로채면…… 이 녀석 때문에 감봉당하느라 가벼워진 지갑 사정이 조금은 나아지겠지. 훗, 완벽해!'

하지만 글렌은 작은 목소리로 중얼거리면서 누가 봐도 사악한 얼굴로 미소 짓고 있었다.

"……저건 틀림없이 변변찮은 짓을 꾸미는 얼굴이야."

"차, 참아. 시스티. ……리엘의 사회 공부라는 것 자체는 결코 나쁜 제안이 아니니까……."

루미아는 기막혀하는 시스티나를 평소처럼 달랬다.

"잘 모르겠지만…… 알았어. 일할게. 글렌이 그렇게 말한다면."

"오, 그래~? 해주겠다 이거지? 그러면 실컷 일해서 왕창 돈…… 공부하고 와! 기대하마!"

"……응. 힘낼게. 글렌의 기대에 보답할 거야."

"참 착하기도 하지……. 장래에 이상한 남자한테 속아 넘어가지 않게 우리가 잘 지켜봐 줘야겠네……."

"아하하……."

루미아는 쓴웃음을 흘릴 수밖에 없었다.

"그런데 선생님. 리엘한테 대체 무슨 일을 시키시려구요?"

"흠…… 글쎄, 사람마다 잘하고 못 하는 일이 있는 법이니까……."

글렌이 사색에 잠긴 순간—.

"일거리를 찾는다고—."

"—들었소이다!"

갑자기 교무실 문이 큰 소리를 내며 활짝 열렸다.

"흠하하하하하하하! 세기의 천재 마도공학 교수! 오웰 슈더, 여기에 등장!"

"백마술의 세계적 권위자! 체스트 르 누아르 남작이 당신 앞에!"

"기각이다! 이 바보들아!"

““으갸아아아아아아아아?!””

학교의 변태 교수들…… 오웰과 체스트가 등장한 순간, 글렌은 맹렬한 돌진에서 이어지는 드롭킥으로 두 사람을 저 멀리 날려버렸다.

“그, 글렌 선생? 왜지?! 일거리를 찾는다며? 그렇다면 마침 잘됐군! 내 신작 발명품의 실험대가—.”

“나도 정신 지배형 백마술 연구를 위해 시술 대상이 될 귀여운 소녀를 모집하던 참이었네. 결코 음흉한 목적 때문이 아니라! 이건 마술의 발전을 위한 숭고한—.”

“그, 러, 니, 까 기각이라고! 꺼져! 이 변태 마스터 자식들아!”

““보수는 후하게 주마!””

오웰과 체스트가 동시에 외쳤다. 그러고 보니 평소의 변태 행각 때문에 깜빡할 때가 자주 있지만, 이 두 사람은 이래 봬도 귀족이라 자금 사정이 풍족했다.

“얼른 이야기부터 나눠봅시다.”

신속히 태도를 바꾼 글렌은 오웰과 체스트 남작과 어깨동무를 하고 뒷말을 재촉했다.

“《세분 다·적당히 좀·하세요》!”

“““으갸아아아아아아아아아?!”””

결국, 시스티나의 흑마(黑魔)【게일 블로】가 일으킨 격렬한 돌풍이 바보 트리오를 하늘 높이 날려 버렸다.

"뭐, 그런 고로……."

글렌 일행은 주변 일대가 약초로 뒤덮인 학교의 약초 농원에 와 있었다.

"갑자기 학교 밖까지 나가서 아르바이트를 하는 건 리엘에게는 문턱이 너무 높겠지. 일단 학교에서 모집하는 학생용 아르바이트를 경험해서 노동 자체에 익숙해지는 것부터 시작해볼까."

주위를 둘러보니 이곳에는 글렌 일행뿐만 아니라 다른 학생들도 스무 명 정도 모여 있었다.

"이야~ 마침 세실리아 선생님이 아르바이트를 모집해서 다행이군."

글렌이 시선을 돌린 곳에는 선이 가는 여마술사가 있었다. 부드러운 머리카락을 땋은, 누가 봐도 다정하고 덧없는 인상의 젊은 여성이었다. 글렌과는 비슷한 나이이리라.

그녀의 이름은 세실리아 헤스티아.

화려하고 요염한 세리카와는 다른 방향성의 미인이자, 법의 계열 백마술과 마술약 조합의 달인. 그 실력은 누구나가 인정할 정도였다.

세실리아는 마술강사로서 학급 담임을 맡지는 않았지만 학교 의무실에 법의사로서 상주 중이었다. 현재 위계는 제4계제(콰트르데).

일반적인 마술사가 대부분 평생 콰트르데를 넘지 못하는 걸 고려해보면, 이 젊은 나이에 벌써 그 위계에 도달한 세실리아는 그만큼 장래가 유망한 재녀라는 뜻이겠지만—.

“저기…… 세실리아 선생님? 괜찮으심까? 왠지 엄청 안색이 안 좋아 보이시는데……. 땀도 많이 흘리시고요.”

“아하하, 괜찮아요. 글렌 씨. 어제 밤샘을 하느라…… 고작 열한 시간밖에 못 자서 잠이 좀 부족하고 미열이 있는 것뿐이니까요.”

“어, 예……?”

세실리아는 당혹스러워하는 글렌을 내버려 두고 크로스백에서 병을 꺼냈다. 그리고 그 안에 손을 넣더니 마술로 직접 만든 듯한 환약을 대량으로 꺼내어 입안에 넣고 우적우적 씹어 삼켰다.

“읍, 콜록! ……으음…… 후우……. 걱정을 끼쳐서 죄송해요. ……이렇게 약을 먹으면 괜찮으니까…… 콜록! 쿨럭! 음~ 올해 감기는 왠지 오래 가네…….”

세실리아는 기겁하는 일동 앞에서 갑자기 피를 토하기 시작했다.

“가, 감기……? 아니, 잠깐만요! 그거 절대로 무슨 중병이죠?! 감기일 리가 없잖아요!”

“괘, 괜찮아요. ……정말로 평범한 감기예요. ……전 폐랑 위랑 장이랑 간이랑 췌장이랑 심장이랑 혈관이랑 그 밖의 온갖 장기가 태어날 때부터 약한 편이라 감기에 걸리면 피를 토하는 체질이거든요.”

"그거 거의 내장 전부잖아요!"

이런 식으로 극단적인 병약, 허약 체질이다 보니 재능은 진짜지만…… 과연 장래에 꽃을 피울 때까지 살아있을지조차 의심스러운 사람이었다.

"하아…… 하아…… 응. 오늘은 피 색깔이 선명하네요. 난 아직 괜찮아. ……엄마…… 난 아직 건강해……."

세실리아는 손에 묻은 자신의 피를 보고 비장감이 흘러넘치는 미소를 지었다.

"글렌. 이 사람 죽을 거 같아."

"야, 그런 소릴 하면 못써."

"아하하, 괜찮아요. 제가 병약한 탓에 여러분께 쓸데없는 걱정을 끼치는 건 사실이니까요. 그보다 여러분, 오늘 작업 잘 부탁드릴게요."

그야말로 지켜주고 싶은 미소…… 입가에 묻은 피만 아니면 말이다.

그리고 세실리아는 비틀거리면서 설명을 시작했다.

"오늘 모인 여러분이 하실 일은 먼저 새로운 약초를 심기 위해 저쪽 구획의 땅을 고르는 거예요. 이건 주로 남학생이 할 일이랍니다."

세실리아가 가리키는 곳에는 휴경기간을 거치느라 약간 황폐해진 밭이 있었다.

"그리고 여학생들은 남학생들이 땅을 고른 곳에 새로운

약초의 모종을 심었으면 하는데……."

세실리아는 이 자리에 모인 학생들을 둘러보더니 곤란한 듯 뺨에 손을 댔다.

"음…… 이번에는 여자가 더 많네요. ……저만한 땅을 이 인원수만으로 작업하는 건 남학생들의 부담이 너무 클 테니…… 예, 어쩔 수 없겠네요."

그리고 결심한 듯 고개를 끄덕인 후 팔을 걷어붙이고 근처에 있는 괭이를 간신히 들더니, 갓 태어난 아기 사슴처럼 팔다리를 떨면서 자세를 잡았다.

"저도 이쪽을 도와드릴게요!"

"제 발 참 으 세 요. 죽고 싶으세요?"

글렌은 뺨을 씰룩거리면서 무모하게 나선 세실리아에게서 괭이를 뺏었다.

"하지만…… 학생들에게만 부담을 주는 건…… 쿨럭! 쿨럭!"

세실리아는 말을 꺼내자마자 피를 토했다. 누가 봐도 빈사 상태였다.

"됐다고요! 그런 걱정하실 필요 없어요! 오늘은 이 녀석이 있으니까요!"

글렌은 멍~하니 서서 신기한 눈으로 밭을 바라보던 리엘을 세실리아의 앞으로 불쑥 내밀었다.

"완력이랑 체력이 쓸데없이 남아도는 녀석이라…… 아니, 그보다 모종 심기 같은 섬세함이 필요한 작업은 불안한 예감이 들어서 맡길 수가 없으니…… 일손이 부족한 땅 고르기 팀에 이 녀석을 쓰면 충분할 테니까요."

"……예? 그런…… 이렇게 작고 화사한 아가씨가요?"

세실리아는 못 믿겠다는 눈으로 리엘을 쳐다보았다.

"이 녀석은 겉모습이랑 따로 노는 전형적인 예니까요. 뭐, 실제로 보는 편이 빠르겠네요."

글렌은 세실리아에게서 뺏은 괭이를 리엘에게 던졌다.

"……?"

괭이를 받은 리엘은 의아한 시선을 보냈다.

"리엘, 파!"

"……알았어."

"예?! 선생님, 잠깐……!"

시스티나가 말렸지만 리엘이 한발 먼저 괭이를 세워 들었다.

퍼어어어어어엉!

그리고 고작 한 방에 거대한 구덩이가 생겼고, 대량의 토사가 분수처럼 하늘로 튀어 올랐다.

반사적으로 흑마【에어 스크린】을 영창해서 공기 장벽을 펼친 시스티나와 그 영향권 안에 있던 루미아를 제외한 전원이 머리부터 대량의 흙을 뒤집어썼고, 작업을 시작하기도 전부터 흙투성이가 되고 말았다.

"……하으."

세실리아의 경우는 쏟아져 내린 토사의 무게를 견디지 못하고 쓰러져 버렸다.

"……이렇게 될 줄 예상 못 하셨어요?"

"……미안, 깜빡했다."

글렌은 비지땀을 흘리면서 비난 섞인 시스티나의 시선을 흘려 넘겼다.

"그래도…… 확실히 이렇게나 힘이 세다면 문제없겠네요."

학생들의 부축을 받고 일어난 세실리아가 납득한 듯 중얼거렸다.

"저기…… 리엘 양? 오늘 약초밭 경작은 잘 부탁할게요."

"응. 맡겨만 둬. 전력을 다할게."

"전력은 다하지 마, 전력은……. 제발 힘 조절 좀 해……."

"오늘 이 작업은 편의상 제가 지휘 감독을 맡을게요. 이건 학교의 정식 의뢰이기도 하니 적긴 해도 제대로 보수도 드릴 테니까 여러분, 아무쪼록 열심히 해주세요."

"응. 열심히 할게."

"……넌 적당히 해라."

왠지 앞날이 불안해진 글렌은 한숨을 내쉬었다.

그리고—.

"오오, 재 굉장하잖아……."

"괭이 이도류는 처음 봤어……."

괭이를 든 남학생들의 놀란 시선이 리엘에게 모였다.

그녀는 양손에 각각 괭이를 들고 숨 쉴 틈도 없이 연속으로 땅을 파헤치는 터무니없는 기술을 선보이고 있었다.

콰콰콰콰콰콰콱!

제법 무거운 괭이를 나뭇가지처럼 휘두르는 광경. 마치 두 자루의 식칼로 고기를 다지는 것처럼 휴경을 거쳐서 딱딱해진 땅을 부드럽게 풀어주었다.

하지만 당사자인 리엘의 표정은 변함없이 졸려 보였다. 전혀 힘들어 보이지 않았다.

"리, 리엘. 굉장하네……."

작업이 끝난 땅에 새로운 약초 모종을 세심하게 심던 루미아가 작업을 멈추고 감탄한 얼굴로 리엘을 쳐다보았다.

"재가 진심을 발휘하면 저 정도로 끝나지 않을걸? 아직 신체 능력 강화 마술도 안 쓴 상태니까."

"그, 그랬어?"

옆에서 같은 작업을 하고 있던 시스티나의 말을 듣고 루미아는 깜짝 놀랐다.

마도사인 리엘은 기본적으로 연금술로 고속 연성한 대검에 신체 능력 강화 마술을 더해서 휘두르는 단순한 전법을 구사했다. 그런 만큼 신체 능력 강화 없이도 저런 작업이 가능하다는 것이 더욱 놀라웠다.

"아~ 신체 능력 강화 마술은 내구력이 필요한 작업에는 안 맞거든."

그러자 글렌이 해설을 시작했다.

"강화 중에는 계속 마력을 소비하니까 달성 업무량에 비해 체력 소모가 심하다 보니, 오히려 결과적으로는 작업 효율이 떨어질 때가 많아. 그래서 신체 능력 강화 마술 사용자는 항상 마력 소비 페이스 배분에 주의해야 해. 그리고 실전에서는 신체 능력 강화에 쓸 마력으로 차라리 어설트 스펠을 쓰는 편이 더 효과적일 때가 많고."

"그래서 많은 마술사가 신체 능력 강화 마술을 선호하지 않는 거군요……."

시스티나도 납득했는지 맞장구를 쳤다.

"그런 거다. 그러니 기본 신체 능력이 괴물 같은 리엘이야말로 이런 작업에 안성맞춤인 셈이지."

"뭐, 그건 알겠는데요."

시스티나는 게슴츠레한 눈으로 글렌을 흘겨보았다.

"……선생님은 대체 뭘 하고 계신 거죠?"

"아~ 보면 알잖아? 낮잠이다, 낮잠."

학생들이 다 같이 힘을 모아 열심히 일하는 와중에도 글렌은 밭두렁 위에 편히 누워있었다.

"다들 열심히 일하잖아요. 그걸 보면서도 도와줘야겠다는 생각은 조금도 안 드세요?"

"들 리가 없잖아. 일하기 싫고, 무엇보다 귀찮아."

글렌은 시원스러울 정도로 뻔뻔스럽게 단언했다.

“그리고 나한테는 리엘의 감시라는 엄청 바쁘고 중요한 임무가 있거든? 그러니까 밭일은 하고 싶어도 못 해. 유감이구만~. 가끔은 흙을 만지는 것도 나쁘지는 않을 것 같은데 말이지~.”

“이 인간은……!”

“지, 진정해. 시스티. 원래 리엘을 위한 일이었잖아. 우리가 돕는 것도 자발적인 거였고.”

“그 말이 맞긴 한데, 왠지 열 받아!”

세 사람이 그런 잡담을 나누는 사이에도 땅 고르기 작업은 쉴 새 없이 진행되었다.

“야, 야. 리엘. 힘 조절 좀 해. 흙이 여기까지 튀잖아.”

“……아. 미안.”

“아하하…… 열심인 건 알겠는데, 좀 더 주위를 생각하면서 마음 편하게 일해 봐.”

“응. 주의할게.”

다른 이들은 잡담 한 마디 하지 않고 묵묵히 자기 할 일만 하는 리엘의 인상을 나름 좋게 본 모양이었다. 같이 작업 중인 남학생들과도 평범하게 대화를 나누고 있었다.

“리엘 씨~ 잠깐 이리로 와 주세요! 이쪽은 아직 땅이 단단해서…….”

“알았어. 지금 갈게.”

처음에 문제를 일으키긴 했지만 기본적으로 성실하고 솔

직한 리엘은 여학생들 사이에서도 호감을 샀다.

"리엘, 미안. 흙 안에서 꽤 큰 돌이 나왔어. 파내는 것 좀 도와주지 않을래?"

"……응. 나한테 맡겨."

예상했던 것과 달리 리엘은 주위와 협력해가며 부지런히 일에 적응했다.

"오, 이거 괜찮은데? 리엘 녀석, 사회 공부가 엄청 잘 되겠는걸? 훗…… 역시 이 글렌 레이더스 대선생님의 안목은 틀림없었군. 젊은이들이여, 그 상태로 우리 리엘을 잘 부탁한다! 진심으로 응원하마! 핫핫핫!"

"'짜증 나…….'"

지금 이 순간, 이 자리에 모인 학생들의 생각이 완벽히 일치했다.

그리고—.

"콜록! 콜록! 여, 여러부운…… 이제 좀 쉴까요?"

세실리아가 피를 토하면서 선언하자 학생들도 작업을 중단했다.

"여러분, 굉장해요! 예정했던 경지의 반 이상을 벌써 끝내다니……."

"아니, 뭐 리엘이 활약해준 덕분이죠!"

"응, 정말로 리엘이 와줘서 다행이야!"

저마다 리엘을 칭찬했다.

"……응."

리엘은 무뚝뚝한 태도로 응했다.

여전히 무표정이었지만…… 왠지 쑥스러워하는 기색이었다.

"예, 정말 리엘 양이 도와줘서 다행이에요. 덕분에 전 기뻐서 빈혈로 쓰러질 것 같…… 아아…… 아…… 누가 제 가방에서 약을…… 세, 세상이 어두컴컴해요……."

"으아아아아앗! 선생님~?!"

"정신 차리세요~!"

힘을 잃고 쓰러질 뻔한 세실리아를 근처에 있던 학생들이 양옆에서 황급히 부축했다.

"아무튼 여러분, 피곤하실 테니 쉬지 않겠어요?"

"휴식이 필요한 건 저희보다 오히려 세실리아 선생님인 것 같은데요. ……다른 의미로."

대량의 환약을 우걱우걱 씹고 병에 든 이상한 색의 물약을 들이켜는 세실리아 앞에서 시스티나가 한숨을 내쉬며 말했다.

"여기서는 조금 멀지만 학교의 카페 테라스까지 가죠. 다들 열심히 해줬으니 오늘은 제가 홍차와 과자를 대접할게요."

"오오, 나이스! 고맙습니다! 세실리아 선생님!"

학생들은 환호성을 질렀다.

"그럼 어서 가죠. 아무튼 이게 제 마지막 티타임이 될지도 모르니…… 후훗, 농담이랍니다."

세실리아는 나이 어린 소녀처럼 귀엽게 웃으며 농담을 했다.

"……참아주세요. 선생님이 말씀하시면 농담으로 안 들린다구요……."

그러자 시스티나를 비롯한 학생들은 식은땀을 흘리면서 뺨을 움찔거렸다.

그 순간—.

"난 됐어."

리엘이 그렇게 말했다.

"어머…… 왜요?"

"난 머리는 별로 좋지 않지만…… 체력에는 자신이 있어. 그러니까 다들 쉬는 동안 좀 더 일해 볼래."

평소와 다름없는 무표정이라 파악하기 어려웠으나…… 아무래도 리엘은 의욕이 넘치는 모양이었다.

"하지만 저희가 쉬는 동안 리엘 양한테만 맡기는 건……."

"아~ 괜찮습다. 세실리아 선생님. 그 녀석이 하자는 대로 해주세요."

여전히 밭두렁 위에 칠칠맞게 누운 자세로 글렌이 대화에 끼어들었다.

"전 카페에 가는 것도 귀찮으니 계속 있을 테니까요. 이 녀석은 제가 보고 있을 테니까 냅두고 학생들이랑 같이 쉬다 오시죠."

“……정말 괜찮으시겠어요?”

“아~ 괜찮다니까요. 그 대신 이 녀석한테 줄 아르바이트비 좀 넉넉히 챙겨주시면 좋겠네요. 크흐흐…….”

“하아…… 그렇게까지 말씀하신다면 어쩔 수 없네요. 그럼 글렌 선생님, 여긴 잘 부탁드릴게요.”

그리고 세실리아는 양옆에서 학생들에게 부축을 받는 자세로 떠나갔고, 나머지 학생들도 그 뒤를 따랐다.

“……정말 괜찮을까?”

“음……?”

시스티나와 루미아도 찜찜한 표정으로 어쩔 수 없이 세실리아를 따라갔다.

“선생님~! 리엘 좀 진짜 잘 부탁드려요~!”

“아~ 알았다, 알았어…….”

시스티나가 그렇게 외치자 글렌은 누운 자세에서 돌아보지도 않고 손만 휘휘 내저었다.

다른 사람들이 떠난 후—.

“참 나, 걱정도 많은 녀석일세…….”

글렌은 누운 자세로 리엘의 작업을 멍하니 지켜보았다.

그녀는 변함없이 일심불란하게 괭이를 휘두르고 있었다.

“아무리 저 녀석이라도 이젠 문제없겠지. 남은 건 단순 노동뿐이니……. 게다가 지금은 아무도 없으니…… 문제를 일으킬 일도…… 하암…… 졸려……. 왠지 지루하네…….”

사람들이 떠난 탓에 더더욱 단조로워진 광경 앞에서 글렌은 하품을 삼켰다.

“뭐, 아무렴 어때. ……어차피 다들 30분쯤 뒤엔 올 테니……. 조금만 자볼까…….”

글렌은 잠기운을 이기지 못하고 살며시 눈을 감았다.

그리고 30분 후—.

“저기 글렌. 일어나 봐.”

흔들 흔들. 흔들 흔들.

몸을 흔드는 감각에 꿈속을 헤매고 있던 글렌의 의식이 천천히 각성했다.

슬쩍 눈을 뜨자 옆에는 예상대로 리엘이 있었다.

“하암…… 왜? 일은 성실하게 해. 땡땡이치지 말고.”

“으응, 그게 아니라 다 끝났어.”

“……뭐?”

글렌은 눈을 비비면서 천천히 몸을 일으켰다.

“이제 고를 땅이 없어.”

“……바~보, 그럴 리가 있냐. ……아무리 너라도 이런 짧은 시간에…… 농담은 그만…….”

그리고 밭쪽으로 시선을 돌렸다.

"어머나."

글렌은 눈을 깜빡거렸다.

놀랍게도 리엘 말대로 더는 고를 땅이 없었다.

"나, 열심히 했어. 신체 능력 강화 마술을 써서, 마력을 전개해서 전력을 다했어. ……모두를 위해."

리엘은 살짝 가슴을 폈다. 무표정이지만 어서 칭찬해달라는 오라를 풍기고 있었다.

"그래……. 그랬군……. 전력으로 해버린 거냐……."

글렌은 눈앞의 광경에 납득했다. 확실히 리엘 말대로 더는 고를 땅이 없었다.

오늘 작업과 관계없는 휴경지부터 오늘 열심히 새 모종을 심은 땅, 귀중한 약초를 재배 중인 옆의 약초밭, 수확만 남은 다른 약초밭에 이르기까지 눈에 보이는 모든 땅을 파헤쳐버린 끔찍하고도 파멸적인 광경이 눈앞에 펼쳐져 있었다.

덕분에 광대한 약초 농원에선 녹색을 눈 씻고도 찾아볼 수가 없었다. 전부 갈색뿐이었다.

"다들 분명 놀랄 거야."

"그야 놀라겠지……."

글렌은 몸을 덜덜 떨면서 비지땀과 식은땀을 철철 흘렸다.

"아아아아아아아앗! 난 바보야! 바보! 바보오오오오오오!"

그리고 머리를 부둥켜안으며 하늘을 향해 절규했다.

"이 녀석이 늘 엉뚱한 짓만 저지르는 건 군대에 있을 때부터 빠삭하게 알았으면서 왜 방심한 거냐고!"

"응. 글렌도 내 일솜씨에 놀랐구나. ……다행이다."

"다행일 리가 있겠냐아아아아아아아아아아아아아아아아아!"

빙글빙글빙글빙글!

글렌은 리엘의 관자놀이에 주먹을 대고 사정없이 비틀었다.

"엄청 아파."

"어, 어쩌지?! 어떻게 이걸 얼버무리지?! 정체불명의 괴수가 나타나서 땅을 고르고 갔다고…… 아니, 아무래도 그건 좀 무리……."

그 순간—.

"……글렌 선생님……?"

아아, 무정하게도 마침 일행이 돌아왔다.

"저기, 선생님. 이게 대체 무슨……?"

사태를 파악한 세실리아의 미소가 움찔거렸다.

"너무해……. 뭐, 뭐야 이게……."

"우와…… 뭔가 엄청난 사태가 벌어졌네……."

시스티나와 루미아도 눈앞에 펼쳐진 처참한 광경 앞에선 눈을 휘둥그레 뜨고 넋을 잃을 수밖에 없었다.

"저기…… 세실리아 선생님? 이, 이건 말이죠……. 굉장히 유기적이고 복잡한 사정이……."

글렌이 황급히 변명하려 한 순간—.

"커헉?!"

세실리아가 한층 더 성대하게 피를 토하면서 그 자리에 쓰러지더니 눈을 까뒤집고 경련하기 시작했다.

"으아아아아아아아아?! 세실리아 선생님이 쇼크 증상으으으으으으으을!"

"이, 이 경련은 좀 위험해! 이봐, 누가 얼른 의무실에서 법의사 선생님 좀 모셔와!"

"그건 이 사람이잖아!"

"이대로면 정말로 조금 전의 티타임이 선생님의 마지막 티타임이 될 거라구우우우우우!"

"앗! 그게 플래그였나!"

"선생님! 세실리아 선생님! 정신 좀 차리세요!"

"루미아, 네가 나설 차례야! 우리가 아는 모든 법의술을 시험해보자!"

"으, 응!"

세실리아를 둘러싸고 야단법석을 피우는 일동 앞에서 리엘은 고개를 살짝 갸웃거렸다.

"세실리아, 죽은 거야? ……알았어. 내가 세실리아를 묻을 구멍을 팔게."

"그런 쓸데없는 짓은 안 해도 돼!"

다시 어깨에 괭이를 지고 밭으로 가려는 리엘의 뒷머리를 글렌이 세차게 잡아당겼다.

"뭐, 그렇게 해서 리엘의 사회 공부 1탄이 대성공을 거뒀으니 그 기세를 타고…… 다음 아르바이트를 찾아보자~!"

"어? 단언하셨어? 그걸 대성공이라고 단언하시는 거예요?"

"시끄러! 쓰러진 세실리아 선생님의 치료비랑 약초 농원의 손해액이랑 학생들의 아르바이트비로 또 왕창 감봉당하게 생겼으니 어떻게 해서든 리엘이 돈을 벌게 하지 않으면 생활비조차 유지 못 할 거라고!"

"이젠 본심을 숨기려고도 하지 않으시는 건가요. ……아니, 그보다 역시 리엘의 아르바이트비를 가로채실 생각이었구나……. 저질."

"……하지만 이번만큼은 리엘에게도 책임이 있으니…… 선생님만 나무라긴 좀 그런 것 같아."

"……?"

지금 네 사람이 있는 곳은 마술학원 밖에서 요즘 큰 인기를 누리고 있는 카페 레스토랑 『아방튀르』 앞이었다.

"넌 여기서 웨이트리스로 일해!"

"저기…… 접객업이라니…… 갑자기 문턱이 좀 높지 않나요?"

시스티나는 게슴츠레한 눈으로 멍한 얼굴의 리엘과 가게를 번갈아 보면서 불안한 목소리로 중얼거렸다.

"아니, 그게 실은 말이다. 여기 웨이트리스 시급이 엄청 파격적이더라고. ……자."

글렌이 꺼낸 구인광고 팸플릿을 본 시스티나는 눈을 부릅떴다.

“말도 안 돼! 이렇게나 많이?!”

“그런데 여기 적혀 있는 걸로 봐선 이것도 최저시급인 거죠? 이보다 더 시급을 높게 받을 수도 있다는 건가요? 왠지 믿을 수가 없는데요…….”

“음. 여긴 웨이트리스의 복장이랑 장식에 엄청 공을 들여서 귀엽기로 유명한 가게라 말이지……. 듣자 하니 점장이 직접 디자인한 특제품이라더군. 덤으로 웨이트리스로 고용하는 여자애도 점장의 눈에 든 미소녀뿐……. 예쁜 수준에 따라 시급이랑 보너스가 정해진다더라.”

“뭐예요. 그 페미니스트나 여성단체의 비난이 쇄도할 법한 가게는……. 세상도 참 말세야…….”

“뭐, 그건 점장의 고집이라고 해둬라.”

“……나, 남자라는 것들은…….”

“아, 아하하…….”

시스티나는 기가 막혀서 한숨을 내쉬었고 루미아는 쓴웃음을 흘렸다.

“아무튼 리엘은 외모만큼은 좋으니까 아마 바로 채용되겠지. 여기서 대박을 터트려야 해! 내 미래를 위해, 더는 수단을 가릴 여유가 없어!”

“어째…… 처음이랑 취지가 바뀌지 않았나요?”

“자, 렛츠 잡!”

—그렇게 해서 점장의 면접을 받은 리엘은 예상대로 큰 환영을 받으며 바로 채용되었다.

"……글렌. 이러면 돼?"

시크한 분위기의 가게 안에서 리엘은 웨이트리스 제복을 입고 있었다.

확실히 소문대로 훌륭했다.

프릴이 달린 앞치마와 카추샤와 치마. 군데군데 장식된 리본. 언뜻 보기에는 귀엽고 하늘하늘한 인상을 주면서도 정숙함과 청초함을 겸비하는 동시에 싱그러운 소녀들의 풋풋한 색향을 강조하는 디자인. 디자이너의 집념조차 느껴지는 잘못된 기적의 산물이었다.

"오오~ 옷이 날개구만."

솔직하게 감탄했다.

원래 리엘은 외모가 뛰어나다. 제대로 된 옷을 입자 그 미모가 고스란히 드러났다. 또래에 비해 체격이 작은 편이다 보니 기장이 약간 남고 미묘하게 어색해 보이는 점도 이 경우에는 플러스 요인이라 볼 수 있으리라.

"뭐, 실제로 여기서 일할 리엘이 제복을 입는 건 당연하다고 쳐도……."

시스티나는 관자놀이에 힘줄을 세우면서 말했다.

"왜 저희까지 이 제복을 입어야 하는 거냐구요!"

그녀와 루미아도 리엘과 똑같은 제복을 입고 있었다.

"아하하, 시스티랑 리엘도 귀여워! 엄청 잘 어울려!"

"아, 응. 고마워! 너도 굉장히 잘 어울…… 려가 아니라!"

루미아의 칭찬에 반사적으로 미소를 짓다가 제정신을 차린 시스티나는 글렌을 추궁했다.

"아니, 그게 말이지……. 리엘이 혼자서 접객업을 하는 건 절대로 무리잖아? 너희가 달라붙어서 도와줘야…… 아, 참고로 너희도 문제없이 면접 통과라더라. 오히려 최고의 대우를 해줄 테니까 전속 종업원으로 일해 줄 수 없냐던대…… 뭐, 잘됐네!"

글렌은 휘파람을 불면서 슬그머니 시선을 피했다.

"말 돌리지 마세요! 왜 무리라는 걸 뻔히 알면서 리엘한테 접객업을 권하신 거냐구요!"

"그야 돈 때문인 게 당연하잖아! 까놓고 말해 리엘의 사회 공부 따윈 아무래도 상관없다고!"

"아~ 그러시구나. 결국 그거였어! 본심은 그거였다 이거죠?! 이 저질! 저질! 저질!"

"시끄러, 바~보! 이 녀석 때문에 왕창 감봉당한 내 월급을 회수하는 것뿐이라고! 바~보~! 불만 있냐?!"

가게 안에서 시작된 너무나도 수준낮은 말싸움에 종업원들과 손님들의 시선이 모였다.

"지, 진정하시고…… 리엘에게는 틀림없이 좋은 경험이 될 테고…… 시스티도 이번 달 용돈이 부족하댔잖아?"

"그, 그건…… 그렇지만……."

루미아가 그렇게 말하자 시스티나는 토라진 얼굴로 시선을 돌렸다.

"그러면 딱 오늘 하루만 해보지 않을래? 이런 것도 가끔은 괜찮을 것 같아. 다 같이 일하면 분명 즐거울 거야."

"하아…… 넌 진짜 사람이 너무 착해서 탈이라니까……."

시스티나는 떨떠름하게 한숨을 내쉬었다.

그렇게 해서 리엘과 시스티나와 루미아의 접객 아르바이트가 시작되었다.

"어서 오세요, 손님. 주문은 정하셨어요?"

주문을 받으러 객석으로 이동한 루미아가 밝게 웃었다.

"예, 주문받았습니다. 잠시만 기다려 주세요."

단순한 영업 스마일을 벗어난 진심에서 우러나온 미소에 가게를 방문한 손님들은 너나 할 것 없이 힐링을 받았다.

"점장님! 주문받아왔어요! 15번 자리에는 로스트비프랑 리마노프 새우튀김! 7번 자리에는 감자 미트 파이 두 개랑 오늘의 추천 샌드위치 세트 두 개랑 커피 두 잔이에요! …… 예? 계산할 사람이 부족하다구요? 알았어요. 그럼 제가 그쪽으로 갈게요!"

머리와 요령이 좋은 시스티나는 일을 효율적으로 척척 처리했다. 보기만 해도 속이 시원해질 정도였다.

처음 시작했을 때는 일이 익숙하지 않아서 잠시 머뭇거렸지만 두 소녀는 마치 베테랑처럼 금세 익숙해졌다.

그러나—.

"……이상하네. 왜 아직도 주문을 받으러 안 오지? 아무래도 너무 늦는 것 같은데……. 저기요~ 점원 아가……으아앗?!"

점원을 부르려고 손을 들었던 손님이 갑자기 비명을 지르며 몸을 뒤로 젖혔다.

어느새 바로 옆에 리엘이 인기척도 없이 서 있었기 때문이었다.

"너, 너, 언제부터 거기 있었던 거야?!"

"아까부터 계속. 대충 10분쯤?"

"왜!"

"……주문, 받으러."

"그럼 말을 해!"

"……응. 일리 있어."

손님이 지당한 지적을 하자 리엘은 고개를 살짝 끄덕였다.

"어, 어쨌든……주문, 해도 될까?"

"응."

"그럼, 일단……."

손님이 메뉴를 보면서 주문을 하려 한 순간—.

"딸기 타르트, 먹고 싶어."

리엘은 무슨 영문인지 손님에게 주문을 했다.

"엥……?"

"그러니까, 주문. 딸기 타르트."

"저기…… 무슨 뜻으로 한 말인지 모르겠는데."

"……네가 주문해도 되냐고 했잖아. 그러니까 딸기 타르트."

"그런 뜻으로 한 말이 아니라고오오오오오오오! 아니, 그보다 손님은 나! 종업원은 너잖아아아아아!"

"그러고 보니 그랬지. 그럼 주문해봐."

"으, 으음…… 그래. ……나폴리탄이랑 피시 앤 칩스랑 오렌지 주스를……."

"알았어. 금방 가져올게."

……그리고.

"응. 주문한 음식 가져왔어."

손님 앞에 나온 것은—.

딸기 타르트 세 개였다.

게다가 그중 하나는 누군가가 입으로 깨문 자국이 있었고, 덤으로 리엘의 입도 뭔가를 우물거리고 있었다.

"……뭐야 이게?"

"딸기 타르트."

"아니, 그건 보면 알아. 왜 이게 나온 거냐고."

"실은 네가 한 주문 까먹었어. 그래서 대신 이걸로 가져온 거야."

"대체 뭐냐고! 그 영문을 알 수 없는 대응은?! 아니, 그렇게 짧은 주문도 까먹은 거야?!"

"응. 괜찮아. 맛있으니까."

"맛있고 말고의 문제가 아니라고! 내가 먹고 싶은 건 나폴리탄! 나폴리탄을 가져와!"

"아니야, 분명 딸기 타르트가 더 맛있어. 그러니까 이거 먹어."

"그 의미 불명의 추천은 또 뭐야! 됐으니까 이딴 건 치우고 나폴리탄을 먹게 해달라고!"

손님의 반응은 지당했다.

그 순간—.

"너…… 딸기 타르트를 바보 취급하는 거야?"

철컹.

리엘은 평소와 다름없는 무표정이지만 약간 기분이 상한 듯한 태도로 딸기 타르트를 거부한 손님을 향해 느닷없이 손에 든 대검을 겨누었다.

"히이이이이이이이이이이이익?! 사, 사람 살……!"

손님이 기겁한 순간—.

"스토오오오오옵! 루미아, 손님 쪽을 부탁해! 리엘, 넌 이리 좀 와봐!"

"저, 저기요! 죄송합니다, 손님! 잰 오늘이 처음이라 일이 아직 익숙하지 않아서……."

시스티나가 리엘의 손을 잡은 채 끌고 갔고, 루미아가 대신 접객을 나서서 상황을 정리했다.

"위, 위가 쓰려……. 응, 알고 있었지만…… 역시 어린애인 리엘한테 이런 아르바이트는 아직 좀 일렀나 보네……."

커피 한 잔으로 끈질기게 버티는 민폐 손님 글렌은 가게의 구석 자리에 앉아 조마조마한 심경으로 상황을 지켜보고 있었다.

"여, 역시 관둘까? 이 작전은 좀 무리가 있지? 뭔가 치명적인 피해가 발생하기 전에…… 으그그."

안전한 방법을 선택할 것인가.

아니면 일확천금을 노릴 것인가.

글렌의 마음은 그 두 가지 기로 사이에서 격렬하게 흔들렸다.

결국 글렌은 일확천금을 노리는 현상 유지를 선택했다.

리엘의 아르바이트비에 의지하는 것 외에는 살아남을 방법이 없었기 때문이다(자신도 여기서 일한다는 발상을 눈곱만큼도 떠올리지 못하는 시점에서 역시 글렌다웠다).

글렌이 조마조마한 심경으로 지켜보는 가운데, 역시 리엘은 계속 문제를 일으켰다.

"자, 잠까아아아아아안! 리엘, 그거 먹으면 안 돼! 그건 손님께 드릴 음식이잖아!"

"리, 리엘?! 접시는 좀 더 살살 다뤄야지! 아, 아아…… 또 깼어."

"아아아앗?! 리엘! 네가 아까 손님께 드린 거스름돈, 셀트 동화가 아니라 리르 금화였어! 엄청난 손해잖아! 어서 돌려받으러 가야……."

"죄, 죄송해요! 손님! 리엘, 너도 같이 사과드려! 설마 넘어지면서 날린 음식이 손님의 머리에 명중하다니……."

"그, 그러니까 그거 먹으면 안 된댔잖아! 리이에에엘~!"

'진짜 난 왜 하필이면 접객업을 고른 거지?!'

처음 주문한 커피 한 잔으로 계속 버티는 민폐스럽기 짝이 없는 손님인 글렌은 움켜잡은 머리를 테이블에 처박았다.

시스티나와 루미아의 필사적인 보조 덕분이었을까.

결국 리엘은 사소한 실수는 저질러도 가게가 기울 정도의 치명적인 실수는 저지르지 않았다. 충분히 눈감아줄 수 있는 수준이었다. 물론 치명적인 실수가 있어도 시스티나와 루미아 덕분에 미수로 그쳤다.

애당초 이 가게에는 요리보다 귀여운 여자 종업원들을 보면서 즐기러 오는 손님이 많다 보니, 리엘의 유쾌한 접객업은 실질적인 피해가 없는 한 마치 쇼를 감상하는 듯한 눈으로 오히려 호의적으로 받아들이는 눈치였다.

점장도 리엘의 문제행동을 대수롭지 않게 받아들였다.

원래 귀여운 여자 종업원들로 유명한 가게이긴 했지만, 오늘은 평소보다 훨씬 더 귀여운 종업원들이 있다는 입소문이 순식간에 퍼져서 이례적인 성황을 누렸기 때문이다. 리엘, 시스티나, 루미아의 집객효과로 벌어들인 수익은 리엘 때문에 발생한 손해를 아득히 뛰어넘을 정도로 절대적이었다.

아무리 바보라지만 나름대로 일에 익숙해졌는지 머지않아 리엘도 실수가 많이 줄어들었다.

그리고 해가 저물었다.

"이, 이제 곧 끝인가……. 왠지 좀 김이 새네……."

처음 주문한 단 한 잔의 커피로 영업이 끝나갈 때까지 버틴 민폐스럽기 짝이 없는 최악의 진상 손님인 글렌은 안도의 한숨을 내쉬었다.

"뭐, 한때는 어찌 되나 싶었는데……."

글렌은 마침 건너편에서 접객 중인 리엘을 힐끔 쳐다보았다.

"응. 주문한 딸기 타르트야."

"오, 고마워."

"……나, 안 먹고 제대로 가져왔어. ……잘했어?"

"엥? ……아 ……응?"

"응. 그럼 잘 먹어."

리엘은 뭐라 대답해야 좋을지 몰라 난처해 하는 손님에게 등을 돌렸다.

접객 태도에는 아직 약간 문제가 있는 모양이지만 처음과 비교하면 많이 나아진 편이었다.

'의외로 사회 공부라는 측면에서도 성공한 건가……? 이대로 리엘이 상식을 배워서 생활 태도가 개선되고, 내 지갑 사정도 넉넉해지면 완전 일석이조잖아. 크크크…….'

글렌이 속으로 웃은 순간—.

"꺄악?!"

갑자기 루미아의 비명이 울려 퍼졌다.

"뭐야?"

글렌이 그쪽으로 시선을 돌리자—.

"이봐, 귀여운 아가씨? 엉덩이에 손이 살짝 닿은 것뿐인데 호들갑스럽기는……. 크흐흐흐……."

"저기…… 그만두세요! 전 지금 일하는 중……."

"그딴 건 아무렴 어때! 이리 와서 아저씨들 시중이나 들어주지 않으련……?"

"시, 싫어요!"

딱 봐도 여자나 밝힐 것 같은 험상궂은 양아치들이 가게 일부를 점거한 상태로 루미아의 어깨에 손을 얹고 자기들 쪽으로 끌고 가려 했다.

"잠깐 당신들! 루미아한테서 떨어져!"

그러자 시스티나가 쏜살같이 달려왔다.

"호오, 기세등등한 아가씨인걸? ……그 가녀린 팔로 뭘 어쩌겠다는 거지?"

"윽……!"

제법 덩치가 있는 세 남자에게 둘러싸인 시스티나는 무의식적으로 뒷걸음질을 쳤다.

마술만 쓸 수 있다면 별것도 아닌 상대지만 교칙상 쓸 수 없었다. 마술을 못 쓰는 시스티나는 평범한 소녀다. 우락부락한 남자를 셋이나 동시에 상대하는 건 무리였다.

"아가씨도 예쁜데~! 자, 너도 이리 와서 시중 좀 들어봐!"

"잠깐 이, 이거 놔!"

글렌은 그런 광경 앞에서 짜증스럽게 혀를 찼다.

"칫, 저 바보 자식들이…… 가게에 폐가 되는 것도 모르나? ……이건 교육적 지도가 필요하겠군."

손가락을 꺾으면서 자리에서 일어난 글렌이 양아치들에게 다가가려 한 순간—.

""우와아아아아아아아아아아아아아아아아아악!?""

와장창!

갑자기 누군가가 두 양아치를 가볍게 던져서 옆 테이블 위에 패대기쳤다.

"루미아랑 시스티나한테서 떨어져."

그 인물의 정체는 리엘이었다. 양아치들의 목깃을 잡고 상식을 벗어난 완력으로 집어 던진 것뿐이었다.

"두 사람을 괴롭히는 녀석은 용서 못 해."

그렇게 중얼거린 리엘의 표정은 변함없는 무표정이었지만…… 자세히 보면 살짝 굳어 있었다. 아무래도 엄청 화가 나신 모양이다.

"뭐……."

아무래도 양아치들도 이 작은 소녀가 보통 사람이 아니라는 사실을 본능적으로 느낀 듯했다. 하지만 싸움 실력밖에 자랑할 게 없는 그들의 조막만한 자존심은 이런 작은 소녀를 상대로 물러나는 걸 허락하지 않았다.

"말 다했어?! 이 자식이?!"

"죽고 싶어? 아앙?!"

"험한 꼴을 봐야 정신 차리려나 본데, 이 꼬맹이가!"

슬플 정도로 들러리다운 대사를 읊은 양아치들은 어리석게도 리엘을 포위했다.

"이, 이런!"

글렌은 달렸다.

물론 리엘을 걱정해서가 아니었다. 거리의 양아치가 몇 명, 수십 명이 몰려와 본들 《전차》의 리엘을 어찌할 수 있을 리 없었으니까.

문제는 이 상황의 수습 방식이었다.

만약 가게에 큰 피해를 끼치기라도 한다면 아르바이트비

가—.

"으갸아아아아아악?!"

그렇게 걱정하자마자 양아치 한 명이 엄청난 기세로 글렌 옆을 스쳐 지나가더니 테이블과 손님들과 충돌했다.

그 여파로 공중으로 날아오른 요리들.

고함과 혼란에 휩싸인 가게 안.

비명과 소란을 배경으로 양아치들과 리엘의 난투가 벌어졌다.

아까 대검으로 손님을 위협했을 때 호되게 혼낸 덕분인지 대검을 연성하지는 않았지만…… 그만큼 싸움이 길어지는 탓에 피해가 점점 확대되고 있었다.

"자, 잠깐, 너희들! 여긴 일단 평화적이고 온건하게 해결을!"

"시끄러! 닥쳐! 이 등신아아아아아!"

"커헉!"

글렌은 양아치들을 설득하려다 도리어 얻어맞았다.

"야, 리엘! 진정……으아아아아앗!"

이어서 리엘이 다리를 잡고 팽이처럼 돌린 양아치의 몸에 부딪혀서 날아갔다.

"저, 저기요! 싸움은 아무것도 낳지 않는다고 생각하지 않나요? 아르바이트비도 낳지 않는다고요!"

"시끄럽댔지! 좀 닥치라고! 형씨!"

"크허어어어억?!"

그리고 양아치가 날린 래리어트와 파워 봄의 희생양이 되었다.

"콜록! 콜록!…… 야, 야, 인마, 리엘…… 포, 폭력은 좋지 않……."

"방해돼."

"으갸아아아아아아아?!"

리엘에게 떠밀린 글렌은 마치 공처럼 날아가 벽에 내동댕이쳐졌다.

"아하하…… 여, 여러분~? 폭력은 좋지 않아요~, 폭력은……흐거억?!"

"시끄럽다고! 좀 꺼져!"

글렌은 이 난투를 최대한 온건하게 수습하려고 필사적으로 노력했다. 노력하면 노력할수록 온몸이 너덜너덜해졌다.

그리고—.

빠직!

"으아아아아아아아아아아아아아아아! 웃기지 마, 이 짜식들아아아아아! 사람이 좀 얌전하게 나오니까 건방지게!"

마침내 인내심이 한계에 달한 글렌이 고함을 내질렀다.

"덤벼! 아르바이트비를 지키기 위해…… 네놈들을 전부 한꺼번에 박살 내주마!"

그리고 주먹을 쥐고 난입했다.

……그리고 며칠 후, 카페 레스토랑『아방튀르』.

"풋…… 저, 저기…… 내가 주문할 건…… 푸흡! ……그게…… 커피…… 하, 한 잔…… 푸핫!"

"음, 저, 저는……! 쿡쿡…… 초콜릿 케이크…… 쿡쿡…… 이야기로는 들었는데…… 이건…… 푭!"

"우, 웃으면 안 돼, 웬디……. 풋…… 아하하……."

카슈와 웬디와 린. 글렌의 학생들이 그 가게에 손님으로 찾아왔다.

그들의 테이블에 주문을 받으러 온 웨이트리스는—.

"너희들 지금 뭐 하냐? 냉큼 주문이나 해!"

피해를 준 금액만큼 이 가게에서 일하게 된 글렌이었다.

"아……아니, 그게 문제가 아니라…… 그…… 왜, 그런 옷을, 푸핫! 으하하하하하!"

"이제 그만! 못 참겠어요! 아하하하! 아하하하하!"

학생들은 배를 잡고 웃었다.

글렌은 이 가게 명물인 하늘하늘하고 귀여운 제복을 입고 있었다. 덤으로 가발까지.

"어쩔 수 없잖아! 이 가게에는 이 지긋지긋한 제복밖에 없는걸! 아, 진짜! 왜 이렇게 되는 거냐고오오오오오!"

"아하하! 괘, 괜찮아요. 선생님! 옷이 몸의 라인을 가려주고, 선생님은 제법 잘 생기셨으니까 입만 다물고 있으면 꽤 미인이에요! 분명 수요가 있을 거예요! 아하하하하!"

"히끅! 그, 그만! 웃다 죽겠어!"

"시끄러워, 이 짜식들아! 냉큼 먹고 돌아가아아아아아아!"

글렌의 비통한 영혼의 절규가 가게 안에 메아리쳤다.

"응. 맛있어."

그리고 그 옆 테이블에서는 리엘이 만족스러운 얼굴로 딸기 타르트를 입 한가득 물고 있었다.

참고로 글렌과 달리 리엘은 집객 효과로 인한 이익과 난투 소동으로 입은 피해액이 완벽히 상쇄된 덕분에 무죄방면으로 풀려났다.

"음, 뭐랄까……."

시스티나는 다람쥐처럼 딸기 타르트를 야금야금 먹는 리엘 옆에서 한숨을 내쉬었다.

"얘가 일반적인 사회 상식을 배우는 날은 아직 멀었나 봐……."

"……뭐, 시간은 잔뜩 있는걸. 조급해할 필요는 없을 것 같아. 천천히 하자. 응?"

루미아는 부드럽게 웃으면서 대답했다.

"……그건 그래."

시스티나도 살며시 입가를 끌어올리며 턱을 괴고 소란스러운 옆 테이블을 느긋하게 지켜보았다.

임무에 지나치게 우직한 남자 •
알베르트의 함정

Trap-Hole of Albert, Who is too serious about his work

Memory records of bastard
magic instructor

산천초목이 잠든 깊은 밤.

오늘따라 달도 보이지 않고 가로등의 불도 꺼진 페지테의 거리는 짙은 어둠에 잠겨 있었다.

그런 페지테의 인적이 드문 뒷골목.

갑자기 솟구친 세찬 불기둥이 어둠을 뜨겁게 불태웠다.

"핫하! 해냈어!"

검은 로브 — 하늘의 지혜 연구회의 예복 — 을 걸친 외도 마술사가 환희에 젖은 고함을 질렀다.

"해치웠어! 그 《별》을 해치웠다고!"

남자가 날린 불꽃 마술이 앞을 가로막은 적, 제국군의 마도사를 마침내 불덩이로 만든 것이다.

실제로 지금 남자의 눈앞에 솟구친 불기둥 안에는 그 마도사의 그림자가 일렁이고 있었다.

여기선 벗어날 수 없다. 자신의 승리다.

"하하하! 소문의 특무분실 에이스님도 별거 아니로군!"

완벽히 몸을 숨기고 있던 자신 앞에 그 마도사가 모습을 드러냈을 때는 진심으로 간담이 서늘했었지만…… 막상 끝나고 보니 대수로울 것도 없었다.

"좋았어! 그 《별》의 알베르트를 해치웠으니 조직 안에서 내 평가도 급등하겠지! 그리고 이대로 루미아 틴젤을 손에 넣으면…….”

남자가 거기까지 말한 순간—.

텅!

어디선가 날아온 한 줄기 전격이 단숨에 어둠을 가르며 남자의 머리를 정확하게 꿰뚫었다.

남자의 의식은 그대로 어둠 속에 잠겼다.

남자가 영원한 잠에 빠진 곳에서 대략 3천 미트라 정도 떨어진 높은 시계탑 꼭대기.

“……흥.”

제국 궁정 마도사단 특무분실 집행관 넘버 17《별》의 알베르트는 어둠으로 물든 눈앞의 허공에 내민 왼손을 천천히 내렸다.

“자신의 상대가 빛을 조작해서 만들어낸 환영이라는 것조차 눈치채지 못하다니……. 승부 이전의 문제다.”

아득히 먼 저편, 심연의 어둠을 날카롭게 응시하던 알베르트가 입을 열었다.

“안 그런가? 노인장.”

“……환영으로 저격 지점까지 적을 유도해서 처리…… 카앗! 변함없이 신기(神技)에 가까운 실력이로구만!”

어느새 알베르트의 뒤에는 건장한 체격의 노인이 서 있었다.

그와 마찬가지로 궁정 마도사의 예복을 입은 이 노인은

《은둔자》 버나드. 특무분실의 고참인 역전의 마도사였다.
"별 것 아니야. 아무튼 이만큼이나 가까웠으니."
"잠깐, 그게 무슨 소리지……?"
버나드는 게슴츠레한 눈으로 투덜거렸다.
"거리 3천 미트라급의 마술 저격을 그런 식으로 말할 수 있는 건 아무리 세상이 넓다 한들 자네뿐일걸세. ……까놓고 말해 세리카라도 무리야."
"용건은 뭐지? 노인장."
알베르트는 버나드에게 등을 돌린 채 대화를 거부하듯 날카롭게 물었다.
"노인장쯤 되는 인물이 설마 그냥 저격을 구경하러 왔다……는 건 아닐 터."
"여전히 일밖에 모르는 재미없는 녀석이로구만……. 뭐, 됐다."
품에서 한 통의 서신을 꺼낸 버나드는 알베르트의 등을 향해 던졌다.
눈으로 보지도 않고 필요 최소한의 동작으로 서신을 받은 알베르트는 밀봉을 풀고 내용을 훑었다.
"……!"
그 순간, 알베르트의 맹금류처럼 날카로운 눈이 한층 더 날카로워졌다.
"다음 임무는 이해했나? 잘 부탁하네, 《별》."

"……잠깐, 《은둔자》."

알베르트의 목소리에 서늘한 뭔가가 섞이기 시작했다.

"이하의 사실 여부를 조사하라……. 『글렌 레이더스가 하늘의 지혜 연구회와 내통했을 가능성』……. 『현재 루미아 틴젤을 암살하기 위해 암약하고 있을 가능성』……. 이 웃기지도 않는 정보의 출처는 어디지?"

"글쎄올시다? 어차피 늘 하던 대로 군 정보부나 제국 보안국 정보조사실 아니겠나? 우리 병졸과는 관계없는 이야기겠지."

"칫…… 눈뜬 봉사 놈들. 지옥에나 떨어져라."

짜증스럽게 혀를 찬 알베르트는 예창 주문(스톡 스펠)을 시간차 발동(딜레이 부트)했다.

그러자 서신이 단숨에 불타올라 세상에서 완전히 소멸했다.

"뭐, 자네가 무슨 말을 하고 싶은지는 잘 알겠네. 하지만 상대는 그 하늘의 지혜 연구회가 아닌가. 우리가 이제껏 그 설마 했던 인간들에게 몇 번을 당했는지……."

"……."

"이런 정보가 올라온 이상 한 번은 조사할 필요가 있어. ……나도 기우라고 믿고 싶네만…… 설마 그 글렌 도령이……."

"그 기분은 이해한다."

마도사로서는 결코 대성하지 못할 글렌에게 그의 장점을 살릴 수 있는 독자적인 전투방식을 전수한 것은 다름 아닌

버나드였다. 그에게 글렌은 제자나 다를 바 없는 존재인 것이다.

"미안하지만 부탁하이, 알 도령. 마땅치 않은 의뢰겠지만……."

"어쩔 수 없지. 임무로서 받은 이상 수행한다. ……완벽히. 그것뿐이다."

알베르트는 냉철하게 선언했다.

"조사 기간은 짧지만 그동안 왕녀의 신변 경계는 내가 인수하지. ……부탁하네."

알베르트는 버나드의 말을 등으로 들으면서 지붕을 박차고 페지테의 어둠으로 뛰어내렸다.

다음 날.

부드러운 햇살이 내리쬐고 작은 새들이 지저귀는 이른 아침.

"아, 선생님. 안녕하세요."

루미아가 알자노 제국 마술학원의 통학로에서 기쁜 얼굴로 손을 흔들었다.

그녀의 미소가 향하는 곳에서는 누가 봐도 『저, 졸립니다. 저기압이에요』라는 표정을 노골적으로 드러낸 글렌이, 교차점에서 기다리는 소녀들을 향해 느릿느릿 걸어오고 있었다.

"……안녕……. 너흰 변함없이 빨리 왔구만……."

글렌은 하품을 삼키면서 투덜거렸다.

"루미아랑 하얀 고양이는 그렇다 쳐도 리엘…… 너까지 일찍 온 건 좀 의외네."

"응. 그야 빨리 루미아랑 시스티나를 만나고 싶었으니까."

"……그러냐."

평소와 다름없는 무표정에 무뚝뚝한 리엘의 태도에 글렌은 살짝 부드러운 표정을 지었다.

"잠깐만요, 선생님! 늦으셨잖아요!"

그리고 시스티나가 리엘과 글렌 사이에 불쑥 끼어들어서 잔소리를 시작했다.

"시간에 꽤 여유가 있었는데 이젠 아슬아슬하잖아요! 선생님은 어른이니까 좀 더 시간에 여유를 둔 행동을 하시라구요!"

"아~ 진짜 시끄럽네……."

글렌은 귀찮다는 듯 귀를 틀어막았다.

"그럼 난 내버려 두고 먼저 가지 그랬어. 루미아의 호위는 리엘이 있으면 충분하잖아."

"그, 그건 그렇지도, 모르지만…… 그, 그게…… 루미아가 꼭 선생님을 기다려야겠다고 해서……."

시스티나가 시선을 이리저리 헤매며 변명하자, 변함없는 무표정의 리엘이 고개를 살짝 갸웃거렸다.

"……? 루미아는 그런 말한 적 없어. 말한 건 시스…… 읍!"

"와아아앗?! 리엘, 스토오오오옵!"

시스티나는 뭔가 말하려던 리엘의 입을 양손으로 황급히 막고 시끄럽게 소리를 질러댔다.

루미아는 그런 절친의 모습을 쿡쿡 웃으면서 지켜보았다.

"나 원 참, 아침 댓바람부터 기운 넘치는 녀석들이네……. 자, 가자. ……하암…… 졸려……. 유급 휴가나 받아볼까……."

"아, 맞다. 선생님."

축 늘어진 글렌과 나란히 걸어가던 루미아가 마침 뭔가를 떠올리며 말했다.

"오늘은 제가 다 같이 먹을 도시락을 만들어왔는데요. 잔뜩 만들었으니 괜찮으시면 선생님도 같이 어떠세요?"

"오? 그래도 돼?"

"그게…… 전 요리는 아직 배우는 중이라 시스티만큼 잘하지는 못하는데…… 혹시 그래도 괜찮으시다면……."

조심스럽게 자신을 올려다보는 루미아에게 글렌은 이를 드러내며 씨익 웃었다.

"땡큐, 루미아. 덕분에 밥값 굳었다. 기꺼이 동석해주마. 기대할게."

글렌이 승낙하자 루미아는 활짝 핀 꽃처럼 웃었다.

"예!"

……그런 떠들썩하고 즐거워 보이는 글렌 일행으로부터 약간 떨어진 곳.

'……지금까진 딱히 문제없군.'

글렌 일행에게는 사각이라 보이지 않는 골목 입구 근처에 알베르트가 서 있었다.

'역시 그건 오보…… 아니, 결론을 내리는 건 아직 이른가…….'

한편, 길을 걷는 행인들은 모두 하나 같이 뒷골목에 숨은 알베르트의 모습을 힐끔힐끔 쳐다보았다.

"이거 참…… 요즘 경기가 나빠서 그런가?"

"페지테랑은 인연이 없을 줄 알았는데……."

"엄마~ 저 사람 뭐야~?"

"쉿……. 손가락질하면 못써."

그리고 작은 목소리로 소곤거렸다.

그 이유는…… 현재 알베르트의 모습이 너저분한 셔츠와 바지와 재킷, 덥수룩한 머리카락과 수염, 더러운 신문지를 바닥에 깔고 그 위에 힘없이 앉아서 벽에 등을 기댄 비참한 모습이었기 때문이다.

보는 이의 등골이 서늘해지는 평소의 분위기나 모습과는 완전히 딴판이었다.

지금의 알베르트는 누가 봐도 완벽한 부랑자였다.

잠복 중인 마도사라고 의심하는 이는 아무도 없으리라.

'……음. 저 녀석들, 슬슬 학교로 가나 보군.'

보기에도 딱한 모습이었지만 눈빛만큼은 사냥감을 노리는

맹금류처럼 날카로웠다.

'놓칠 수는 없지. ……나도 슬슬 움직여야겠군.'

알베르트가 자리를 떠나려는 순간—.

"이봐요, 젊은이……."

다정한 인상의 노파가 다가와 말을 걸었다.

"젊은이…… 괜찮으면 이것 좀 먹어봐."

노파는 인자하게 웃으면서 알베르트에게 빵이 든 바구니를 내밀었다.

"음? ……아뇨, 이건……."

"아하하, 너무 많이 구워서 말이지……. 이웃에 나눠주려던 참이니까 자, 사양하지 말고."

"……아뇨, 전 받을 수 없습니다. 배려해주셔서 감사합니다."

정중하게 사양한 알베르트가 글렌 일행의 뒤를 쫓으려 한 순간—.

"카앗~! 마음에 쏙 들었다! 겉모습은 넝마지만 마음씨는 비단결이군!"

이번에는 누가 봐도 육체 노동자인 듯한 중년 남성이 다가와 어깨를 툭툭 두드렸다.

"이봐, 형씨. 자넨 제법 체격도 좋고, 무엇보다 눈이 아직 안 죽었군. 이대로 썩혀두긴 아까워. ……어때? 우리 공장에서 일해 보는 건."

"아뇨…… 그렇게까지 신세를 질 수는 없습니다. 언젠가 저 스스로 해결할 문제니까 아무쪼록 신경 쓰지 마시길."

알베르트는 그렇게 대답하면서 글렌 일행을 힐끔 훔쳐보았다.

언제 놓쳐도 이상하지 않을 정도로 멀어지고 있었다.

"……."

알베르트는 평소의 찌푸린 얼굴과 흡사한 표정으로 말없이 그들의 등을 지켜보았다.

한편, 그런 알베르트의 태도를 진중한 젊은이의 결백함이라고 받아들인 주민들이 속속들이 모여들었다.

"힘내!"

"형씨, 지금은 불경기일지 몰라도 지지 마!"

"자! 이건 이 주변의 구인광고지일세. 자네한테 주지!"

"안 되겠으면 중심가의 노동청에 가봐! 형씨라면 분명 일자리를 찾을 수 있을 거야!"

"……."

알베르트는 입을 열지 않았다.

한사코 입을 열지 않았다.

이윽고 그를 격려하던 주민들이 모두 떠나가고 주위에서 인기척이 완전히 사라진 후…….

팟!

알베르트는 단숨에 변장을 풀었다.

공중에 뜬 다양한 변장 도구들.

그 아래에는 외도 마술사들에게 지옥의 사자나 다름없는 마도사의 예복이 있었다.

"자, 그럼 가볼까."

글렌 일행의 모습은 놓쳤지만…… 딱히 문제 될 건 없었다. 그들이 가는 방향은 파악하고 있었으므로.

'그건 그렇고 내가 초장부터 이런 실수를…… 대체 뭐가 문제였지?'

알베르트는 잘 벼린 칼 같은 눈을 번뜩이며 잠시 생각에 잠겼다.

'흠…… 혹시 내 연기력이 부족했던 건가? ……유감이군.'

그렇게 결론을 내린 알베르트는 글렌 일행의 뒤를 쫓아 통학로를 급히 이동했다.

땡, 땡, 땡, 땡…….

오늘 오전 수업의 종료를 알리는 종소리가 온 학교에 울려 퍼졌다.

"뭐, 그런 고로 이 주문의 구조는 이렇게 되는 거다……. 응~? 딱 좋은 타이밍에 끝났군."

글렌은 칠판 앞에서 의욕 없이 수업을 진행했지만 내용만큼은 오늘도 일류였다.

"그럼 뭐, 여기까지만 하지……. 내일은 여기서부터 이어서 할 거다."

그렇게 말하자 교실 안의 분위기가 풀어지기 시작했다.

점심시간.

성장기의 식욕이 왕성한 남학생들에게는 애타게 기다리던 시간.

일부의 남학생들은 벌써 정신없이 학생식당을 향해 달려가고 있었다.

"선생님."

교단 위에서 교과서와 자료들을 정리하는 글렌 곁으로 루미아, 시스티나, 리엘이 다가왔다.

"바로 안뜰로 가시겠어요?"

"오, 나야 좋지. 오늘은 루미아가 도시락을 만들어왔댔지?"

"예."

루미아는 방긋 웃었다.

"루미아가 만든 도시락도 먹고 싶지만…… 난 딸기 타르트도 먹고 싶어."

"그래, 그래. 나중에 학생식당에서 딸기 타르트도 사 먹자."

"응. 그럼 됐어."

변함없이 딸기 타르트 중독자인 리엘을 시스티나가 기가 막힌 얼굴로 달랬다.

"그럼 어서 다 같이 안뜰으로……."

루미아가 일행을 재촉한 순간—.

"너, 지금 장난하는 거냐!"

"히익?!"

갑자기 교실 창밖에서 고함과 한심스러운 비명이 들렸다.

교실에 남은 모두가 무슨 일인가 싶어서 그쪽으로 시선을 돌리자, 학교에서 고용한 듯한 청소부 두 명이 끈에 매달린 발판 위에서 창문을 닦고 있었다.

한 명은 누가 봐도 그 분야에 정통할 법한 중년 남성. 다른 한 명은 모자를 깊게 눌러쓰고 안경과 마스크도 쓴 신입으로 보이는 청년이었다. 둘 다 지저분한 작업복을 입고 있었다.

"뭐야! 그 엉거주춤한 자세는! 너, 창문닦이를 얕보는 거냐?! 더 마음을 담아서 닦아! 신입!"

"죄, 죄송합니다! 성심성의를 담아서 일하겠습니다!"

중년 남성은 화를 냈고 청년은 저자세로 연신 고개를 숙였다.

"그, 그런데 전…… 그 그게, 실은 고소공포증이라……."

"아앙?! 이 정도 높이에 겁을 집어먹는 주제에 어떻게 이 업계에서 밥 벌어 먹고살래? 익숙해져! 그리고 창유리님께 목숨을 바쳐!"

"히익! 예, 예! 이 목숨과 바꿔서라도 깨끗하게 닦아드리겠습니다! 창유리님!"

그리고 청년은 떨면서 필사적으로 창유리를 닦았다.

"참 나, 어느 업계건 고생이 많구만……. 역시 일하면 지는 거였어."

글렌은 그런 청년을 동정하듯 한숨을 내쉬었다.

"저기…… 선생님?"

"응? 아, 그러고 보니 루미아가 만들어온 도시락을 먹으러 나가자고 했었지?"

그리고 잠시 머리를 긁적이다가 생각에 잠겼다.

"아, 맞아. 나, 볼일이 좀 있었지. 먼저 가 있을래?"

"예? 그러셨어요? 괜찮으시면 도와드려도……."

"괜찮아. 별일 아니니까. 나도 금방 가마."

그러자 시스티나가 토라진 목소리로 중얼거렸다.

"어쩔 수 없네요. 모처럼 루미아가 직접 도시락을 싸 왔는데…… 빨리 오셔야 해요?"

"그래~ 알았다."

글렌은 교실을 나가는 소녀들의 뒷모습을 눈으로 배웅했다.

'흥…… 여기서 개별행동인가.'

작업복을 입고 창유리를 박박 닦는 소심해 보이는 청년…… 알베르트는 창유리 너머에 있는 글렌의 등을 날카로운 눈으로 주시했다.

'그건 그렇고 주의력이 부족하군. 내가 여기까지 접근했는데도 눈치채지 못하다니……. 그런 꼬락서니로 대체 누굴 지키겠다는 거지?'

속으로는 그렇게 혹평했지만 알베르트의 변장과 연기는 그만큼 완벽했다. 저번 원정 수학 때 자신의 존재를 숨기기 위해 변장했던 경박한 청년이나 조금 전의 부랑자와는 숙련도부터가 달랐다.

지금의 알베르트에게는 자본가에게 착취당하는 하급노동자의 영혼이 완벽하게 빙의되어 있었다. 몸도 마음도 소심하고 둔한 청소부 청년 그 자체였다.

그러니 글렌이 눈치채지 못하는 것도 무리는 아니었다.

'그건 그렇고 글렌……. 왕녀들과 개별 행동이라니, 대체 무슨 목적으로?'

알베르트의 존재를 전혀 눈치채지 못한 글렌은 그대로 교실 안을 걷더니 책상 하나를 차지하고 빵을 먹으면서 잡담 중인 학생…… 덩치가 크고 장난꾸러기 같은 인상의 소년 카슈와 작은 체구에 여자 같은 얼굴의 소년 세실 옆에 멈춰 섰다.

"아, 선생님. ……혹시?"

글렌이 다가오자 세실은 뭔가를 눈치챈 듯 목소리 톤을 낮췄다.

"그래, 맞아. 그 일 때문이다."

글렌도 목소리 톤을 낮췄다.

"오케이. 서로 근황 보고부터 해볼까요? 선생님."

카슈도 씨익 웃었다.

그리고 세 사람은 그대로 소곤거리며 뭔가 이야기를 나누기 시작했다.

'흥, 건방지긴…….'

창밖의 알베르트는 발밑에 있는 물통에서 걸레를 짜며 몰래 짧은 주문을 영창해 집음(集音) 마술을 발동했다.

그러자 세 사람의 대화 내용이 알베르트의 귀에도 직접 들렸다.

『야, 카슈. ……루미아는 어때? 뭔가 변한 점은 없냐?』

『아뇨, 선생님. 아마 걘 아무것도 모르고 있을걸요.』

『좋아, 다행이군. 이대로 절대로 눈치채지 못하게 해라.』

왠지 불온한 내용이었다.

『그렇다는 건 선생님…… 그거, 하시려고요?』

『어, 그 계획은 예정대로 실행할 거다. ……실수하지 마.』

『맡겨만 두세요. 선생님. 그런데…… 이 정도로 순조로우니 왠지 좀 김이 새네요.』

『우리가 설마 이런 계획을 세우고 있을 줄은…… 아마 루미아는 꿈에도 모르겠지.』

카슈와 세실이 수상쩍은 미소를 지었다.

『큭큭큭. 자, 그럼 과연 그때가 오면 어떤 표정을 할까? 그 녀석은(루미아)…….』

이윽고 한차례 의사 확인을 마친 글렌은 카슈와 세실에게서 떨어져 교실을 나갔다.

'지금 그건…… 대체 뭐지?'

창유리 너머로 글렌의 뒷모습을 응시하던 알베르트는 걸레를 짜던 손을 멈추고 생각에 잠겼다.

'저 녀석들이 왕녀에게 비밀로 어떤 계획을 진행하고 있다는 건 명백한 사실……. 그런데 대체 무슨 계획을?'

하늘의 지혜 연구회.

루미아의 신병을 노리는 사악한 조직.

그 조직의 멤버는 제국의 온갖 장소에 침투해 있는 탓에 누구나가 처음 들었을 때는「설마 그 사람이? 말도 안 돼」라고 대뜸 부정할 정도로 예상을 벗어난 인물일 때가 많았다.

'……설마, 아니겠지.'

알베르트는 마음속 한켠에 자리 잡은 어렴풋한 의혹을 억누르려는 것처럼 걸레를 세게 쥐어짰다.

"이봐, 손이 쉬고 있잖아! 다음 창유리님이 기다리시게 하지 마!"

"예, 옙! 기다리시게 해서 죄송합니다! 창유리님!"

그리고 황급히 작업을 재개했다.

……잠시 후.

"흑, 흑흑…… 죄송해요. 선생님…… 시스티…… 리엘……."

글렌 일행은 눈물이 그렁그렁한 눈으로 의기소침해진 루미아를 데리고 학생식당으로 이동하는 중이었다.

“으……음, 뭐…… 너무 신경 쓰지 마. 사, 살다 보면 이럴 때도 있지. ……너, 요리는 아직 배우는 중이라고 했었잖아?”

글렌도 뭐라고 해야 좋을지 몰라서 어중간하게 위로했다.

“서, 설마 설탕이랑 소금을 착각하다니…… 루미아가 그런 전형적인 실수를 할 줄은…… 나도 전혀 예상 못 했어.”

시스티나는 한숨을 내쉬었다.

“응. 루미아가 만든 엄청 단 미트 파이랑 엄청 짠 푸딩…… 맛없었어.”

“넌 말을 좀 골라서 해!”

“아파.”

루미아는 리엘의 머리를 꽉꽉 조여 대는 글렌 옆에서 한층 더 침울해졌다.

“흑…… 정말 죄송해요.”

“나, 난 딱히 그거라도 상관없었거든?! 그게…… 그런 참신한 맛도 신선하달까! 뭔가 새로운 경지에 눈을 뜬 것 같달까!”

그러자 루미아는 힘없이 고개를 저으며 모호하게 웃었다.

“배려해주셔서 감사합니다. ……그래도 괜찮아요. 괜히 제 자존심 때문에 선생님이랑 시스티랑 리엘한테 이상한 걸 먹일 수는 없으니까요.”

“으, 음. 뭐…… 네가 그렇게까지 말한다면야.”

“오늘은 이대로 학생식당에 가죠. 그 대신 다음에는 정말로 맛있는 도시락을 만들어 올게요."

"그래, 그때를 기대하마."

이런 사정으로 글렌 일행은 학생식당에 도착했다.

식당 안은 평소처럼 점심을 먹으러 온 학생들로 바글바글 했다.

하지만 운이 좋았는지 꽤 늦게 온 편인데도 일행은 무사히 빈자리를 찾을 수 있었다.

"자, 그럼 오늘은 뭘 먹을까."

"……난 딸기 타르트."

"리엘, 또 그거? 계속 그것만 먹으면 영양 불균형이 올 텐데…… 아, 맞아. 얘, 리엘. 가끔은 샐러드도 같이 먹는 게 어떠니?"

"……난 채소 싫어……."

""""우오오오오오오오오오오오오오오오옷?!""""

네 사람이 그런 대화를 나누고 있는데 갑자기 주방 안쪽에서 열광적인 환호성이 터졌다.

"뭐, 뭐야?!"

글렌이 화들짝 놀라서 시선을 돌리자 여러 학생이 계산대 안쪽으로 몸을 내밀고 주방 안쪽을 들여다보는 모습이 눈에 들어왔다.

"오래 기다렸다! 『라돌프산(産) 푸아그라 테린, 트뤼프와 브프살레, 리 드 보와 키르아콩의 가토 조리』 10인분……

완성이다! 가져가라!”

인파 때문에 잘 보이지 않았지만…… 하얀 요리복을 입은 요리사가 계산대 위에 휘황찬란한 요리를 척척 내놓고 있었다.

“지, 진짜냐……. 설마 학생식당에서 이런 고급 요리를 먹을 수 있다니!”

“우리 학생식당에 굉장한 요리사가 와줬어!”

학생들은 흥분한 기색으로 쟁반에 담긴 요리를 감상했다.

그 요리사는 자신을 주시하는 학생들의 시선을 한 몸에 받으면서 쿨하게 작업을 계속했다.

“훗!”

요리사가 식칼을 화려하게 휘둘렀다.

한 호흡 사이에 눈에 보이지도 않을 정도의 속도로 칼날이 번뜩였다.

섬광이 화려하게 허공을 수놓자…… 고기, 감자, 당근, 양파 등의 온갖 식재료가 정확하기 그지없게 썰렸다.

휘우우우우우~.

검압이 주방을, 그리고 학생들 사이를 스쳐 지나갔다.

“우왓?!”

“차가워! 이 바람, 왠지 무척 차가워! 마치 한겨울의 서릿바람 같아!”

그러자―.

이터널 프로즌 세이버
“저, 저건?! 풍문으로 들은 조리절기(絕技) 『영구동검무섬

(永久凍劍舞閃)』?! 설마 그걸 쓸 수 있는 사람이 이런 곳에 있다니……!"

"저, 저게 뭔지 알겠어? 카이?!"

"음! 너무나도 빠르고 정확한 칼 놀림 때문에 칼날에 닿은 식재료의 수분이 날아가서 그 기화열로 칼날이 마치 얼음처럼 차가워지고, 그걸로 식재료의 선도를 떨어트리지 않으면서 감칠맛을 극한까지 끌어낸다는 제국 뒷요리계 환상의 오의라 불린 전설의 기술이야!"

구경꾼들 사이에 섞여 있던 글렌의 학생들— 약간 통통한 소년 카이가 멀대처럼 키가 큰 소년 로드에게 해설을 시작했다.

"훗! 식재료여, 춤춰라!"

게다가 그 요리사는 도마를 뒤집어서 식재료들을 공중으로 날렸다.

"아앗?! 신성한 식재료에 저런 모독을!"

"잠깐, 아니야! 저, 저건 설마!"

공중에 뜬 식재료들은 마치 마법처럼 요리사가 머리 위로 휘두른 프라이팬 안으로 빨려 들어갔고—.

촤아아아아아아앗!

달궈진 프라이팬에서 기름 튀는 소리와 동시에 고소한 향기가 풍겼다.

"하앗! 되살아나라! 맛과 생명의 숨결이여!"

요리사가 프라이팬을 휘두를 때마다 온갖 식재료가 화려하게 공중으로 날아올랐지만 놀랍게도 식재료들은 마치 실로 연결된 것처럼 작은 부스러기 하나도 바닥에 떨어지지 않았다.

댄스 마카브르 리바이브스
"저, 저건…… 설마 조리비기(秘技)『죽음과 재생의 무도』?!"

"뭐?! 넌, 저게 뭔지 아는 거야?! 카이!"

"음! 식재료들은 어떤 말로 포장하든 한 번은『죽음』을 거친 생명의 말로에 불과해. 하지만 생명을 관장하는 불꽃의 춤으로 식재료들을 공기 중의 산소, 마나와 반응시켜서 초활성화…… 한 번 사그라진 식재료의 생명을 되살려내서 새로운『삶』으로 승화시키는…… 섭리의 원환과 윤회전생에 얽매인『생명』을 찬미하면서 체현하는 환상의 오의! ……설마 저 기술을 실제로 쓸 수 있는 사람이 있었을 줄은……! 저 요리사는 대체 정체가 뭐야!"

그리고 요리사는 옆에 둔 술병을 아래에서 머리 위로 들어 올렸다.

반짝이는 브랜디가 허공에서 우아하고 미려하게 초승달을 그리며 프라이팬 안으로 들어간 순간.

화르르르르르르륵!

홍련의 불꽃이 주방의 천장까지 솟구쳤다.

크림슨 플레어 플람베
"저, 저건…… 궁극조리오의 진홍의 염람무(炎嵐舞)?!"

"뭐, 뭐라고?! 뭔가 알고 있는 거야?! 카이! 아니, 그보다 너도 정체가 뭐야?!"

끊임없이 펼쳐지는 요리사의 탁월한 요리 솜씨 앞에서 구경꾼들이 크게 열광했다.

그리고 주방 근처의 식탁에는 운 좋게 그가 만든 요리를 만끽하는 학생들이 있었다.

"마, 마시썽! ……너무 맛있어!"

"아아…… 눈물이 멈추지 않아! 이거에 비하면 내가 지금까지 먹어온 건 돼지 사료에 불과했어!"

"감칠맛이 깊으면서도 잡맛이 없고, 깔끔하면서도 농후해……. 요리가 가진 근본적인 딜레마를 절묘한 밸런스로 신의 영역까지 끌어올리면서도, 씹으면 씹을수록 혀 위에서 기분 좋은 식감이 왈츠를 추는 동시에 풍부한 감칠맛이 응축된 육즙이 입안에서 퍼져나가며 천상의 하모니를 연주하고 있어……!"

"이제 뭐가 뭔지 잘 모르겠지만…… 어쨌든 굉장해……!"

그리고 학생들도, 주방의 조리사들도 가슴을 두근거리며 수수께끼의 요리사가 만드는 새로운 요리들을 주목했다.

"저 요리사는 지휘자야! 이 주방이라는 콘서트장에서 식재료와 맛을 연주하는 오케스트라 지휘자였어!"

"다, 다음은 어떤 요리를 하려는 거지?!"

"대체 뭐가 나오는 거야?!"

세련되고 절제된 동작으로 식칼과 프라이팬을 화려하게

휘두르는 요리사의 일거수일투족에 모든 사람이 영혼을 빼앗겼다.

한없이 뜨거워지는 주방 근처의 상황을…… 글렌 일행은 아연실색한 얼굴로 쳐다보았다. 굉장한 온도 차가 느껴졌다.

"……아, 아무래도 새 요리사가 왔나 본데?"

"아, 예. 굉장한 인기랑 열기네요. ……보기만 해도 뜨거워질 것 같아요."

저들과 여러 가지 의미에서의 온도 차를 느낀 글렌과 시스티나는 떨떠름한 표정을 지었다.

"하아…… 좋겠다. 나도 저 정도로 요리를 잘했으면……."

"루미아…… 저건 따라하면 안 되는 부류의 인간이야, 아마도……."

시스티나는 부러워하는 루미아를 말리면서 컵에 물을 따르려고 식탁 위의 물통에 손을 댔다.

"어라? 물이 없네."

"아, 그럼 내가 담아올게."

"그래줄래? 미안…… 그리고 고마워."

루미아는 자발적으로 물통을 안고 일어나 다른 곳으로 이동했다.

'……자, 그럼 여기서 왕녀가 일행과 떨어졌고…….'

뜨겁게 달궈진 철냄비를 휘두르면서 주방에 서 있는 그 요

리사…… 알베르트는 날카로운 시선으로 주방 안쪽에서 계산대 너머의 글렌 일행을 흘겨보았다.

'그건 그렇고…… 전에 위법 약물 거래에 손을 댄 거상의 집에 요리사로 잠복했을 때 쌓은 기술이 도움이 된 것 같군. 덕분에 전혀 위화감 없이 눈에 띄지 않고 잠입에 성공…….'

"저 사람, 진짜 쩔어! 위화감도 쩔지만!"

"응, 주목할 수밖에 없잖아! 엄청나게 눈에 띄는걸!"

"그야말로 카리스마 요리사!"

주위의 반응을 들은 알베르트의 이마에 비지땀이 송골송골 맺혔다.

'……문제없어.'

그리고 변함없이 날카로운 시선을 유지한 채로 그렇게 결론을 내렸다.

'애당초 내 요리사로서의 연기는 완벽할 터. 아무튼 전에 읽은 전문서적에 따르면 요리사라면 마땅히 이래야 한다고…….'

"그런데……저 요리사, 그 녀석이랑 비슷하네."

"그 녀석?"

"그거 있잖아. 엄청난 실력을 가진 요리사가 뒷요리계에 도전해서 요리대결을 벌이는 대중소설의 주인공…… 그 유명한……."

"……아! 라이츠 니히의 의욕작 『신들의 식칼』 말이지? 그러고 보니 그 주인공이랑 똑같네? 열혈스러운 말투라든가,

쓸데없이 과장스러운 요리법이라든가!"

'…….'

주위의 반응을 들은 알베르트는 한순간 동작을 멈췄다.

'……어쨌든 임무다. 감시해주마, 글렌.'

타타타타타타타타타탓!

하지만 곧 팔에 잔상이 보일 정도의 속도로 양파를 다지면서 몰래 집음 마술을 발동했다.

그러자 세 사람의 대화가 알베르트의 귀에도 들렸다.

『그러고 보니 리엘…… 루미아의 그거 말인데…… 나이프는 가져왔어?』

『응. 가져왔어. 그런데…… 루미아의…… 그걸로 할 거야?』

『그래. 그걸로 할 거야.』

『나라면 더 간단히 할 수 있는데. 대검을 연성해서 단칼에…….』

『됐거든? 그렇게 거창한 건 필요 없어. 포인트만 잘 노리면 나이프 하나로도 충분해. 그리고 대검으로 하면 뒤처리가 번거롭잖아. ……주위를 더럽히고 싶지 않아.』

이번에도 불온한 내용의 대화였다.

'어떻게 된 거지? 역시 저 두 녀석은 왕녀의 목숨을 노리고 있는 건가? 설마…….'

한층 더 의심이 깊어졌다.

글렌이 하늘의 지혜 연구회와 내통했을 가능성. 루미아를 암살하려고 비밀리에 움직이고 있을 가능성.

엉터리 정보다. 그렇게 믿고 싶었지만—.

『하하하, 그런데 하얀 고양이…… 넌 괜찮겠어? 멈추려면 기회는 지금밖에 없다만?』

『……흥, 이건 설욕이에요. 오히려 벌써 재가 그때 어떤 얼굴을 할지 기대되네요.』

『크크, 절친을 속이다니 너도 어지간한 녀석이네…….』

'설욕…… 복수, 라고?'

국자로 세심하게 스튜를 젓던 알베르트는 시스티나의 그 말을 듣고 식은땀이 흐르는 걸 참을 수 없었다.

'리엘이라면 이해해. ……인정하고 싶지 않지만 그럴 가능성이 전혀 없지는 않으니까. ……하지만 피벨까지……? 만약 정말로 내 예상이 맞다면…… 네 이놈들…… 하늘의 지혜 연구회…….'

으득!

알베르트는 주먹을 굳게 쥐었다.

"알트 씨! 이 고기가 잘 구워졌는지 좀 봐줘!"

"알트 씨! 간은 이런 느낌이면 될까? 허브는 적정량만 넣었는데……."

주위의 요리사들이 그렇게 말을 건 순간, 알베르트는 과장스러운 동작으로 몸을 돌렸다.

"훗! 전부 이 몸에게 맡겨라! 맛의 제왕, 식의 지휘자, 알트 프레이든에게 말이지!"

집음 마술을 해제한 알베르트는 도움을 요청하는 동료들에게 상쾌하게 다가갔다.

그리고 점심시간이 끝나고 수업을 하나 마친 루미아와 시스티나와 리엘이 다음 수업을 받을 교실로 부랴부랴 이동한 후—.

"……그래서? 루미아의 그거 말인데…… 그쪽 준비는 어떻게 됐지?"

"예, 이쪽 준비는 완벽해요."

"필요한 건 대부분 갖췄으려나?"

"이제 남은 건 결행할 순간을 기다리는 것뿐이에요."

이번에도 글렌과 그의 학생들이 모여서 작은 목소리로 밀담을 나누고 있었다.

'……그 수수께끼의 계획은 예상보다 진도가 나간 모양이군…….'

몰래 그들을 훔쳐보고 있던 알베르트는 속으로 살짝 혀를 찼다.

'그리고 예상하건대 이 반의 학생들은 대부분 그 계획에 관여하고 있어……. 하늘의 지혜 연구회 놈들…… 대체 얼마나 깊게 이 나라에 침투해있는 거지?'

"그런데 웬디. ……끝난 다음 **뒷정리** 준비는 어때?"

"물론 완벽하죠. 그 일에 관해선 나블레스 가문의 사람들에게 맡겨주세요."

웬디는 자신 있게 웃으면서 글렌의 질문에 대답했다.

"그쪽은 저에게 맡기고 여러분은 준비에 전념해주세요. 아무쪼록 실수가 없도록……."

"그래, 들키면 끝장이니까."

'계획이 끝난 후의 시체 처리도 빈틈없이 준비했다는 건가…….'

알베르트는 웬디를 찌를 듯한 날카로운 눈으로 노려보면서 생각에 잠겼다.

'그건 그렇고…… 솔직히 이게 가장 큰 오산이었군. ……설마 나블레스 공작가까지 가담했을 줄은…….'

충격적인 사실에 알베르트는 손바닥으로 얼굴을 덮고 신음을 흘렸다.

웬디 나블레스.

사전 조사에 따르면 제국의 고참 대귀족 중 하나이자 영지를 경영하면서 금융업에도 관여하고 있는 나블레스 공작가의 적통— 순혈 귀족 영애였다.

'제국 경제에 큰 영향력을 가진 공작가에도 이미 하늘의 지혜 연구회의 손이 닿아있었을 줄이야……. 큭! 하늘의 지혜 연구회…… 이토록 어둠이 깊었을 줄은…….'

알베르트는 자신이 맞서 싸워야 할 적의, 바닥이 보이지 않는 거대함에 현기증을 느꼈다.

"……먼저 말해두겠는데, 너희들…… 실패는 허락되지 않아. 실수하지 마. 하얀 고양이한테 죽고 싶지 않으면."

"……알겠다니까요, 선생님. 여기까지 왔는데 실패할 순 없잖아요."

학생들은 글렌의 말에 얌전히 동의했다.

'그리고 주모자는 시스티나 피벨이었다니…… 전에 나에게 보여준 정신적으로 나약한 소녀의 모습은 가면이었다는 건가?'

전에 학교에서 일어난 테러 사건과 원정 수학 때를 돌이켜 보면 도저히 믿을 수가 없는 일이었지만…… 알베르트는 냉철한 사고로 그 어수룩한 생각을 버렸다.

'아니, 조직이라면 충분히 가능해……. 조직의 구성원이 정체를 숨기기 위해 자신에게 기억 봉인이나 의사 인격 구축 마술을 걸었던 케이스도 얼마든지 있었어. ……목적을 위해서라면 같은 조직의 인간조차 이용하고, 버리고, 죽일 수 있는 놈들이야. 희망적인 관측에 매달리는 건 아직 일러…….'

으득!

알베르트는 주먹을 굳게 쥐었다.

'하지만 그렇게 가정한다면 피벨은 조직 구성원의 숙청 권한을 가진 위계…… 제2단 《지위(地位)》(어댑터스 오더) 이상일지도 몰라. ……이 암여우 같으니.'

참고로 지금 알베르트가 몰래 분개하고 있는 장소는……

교실 구석에 있는 청소도구함 안이었다.

문틈 사이로 글렌 일행을 훔쳐보는 중이었다.

아무래도 글렌의 수업이 시작하기 훨씬 전부터 이 비좁은 청소도구함 안에 숨어서, 수업 중에도 계속 감시한 보람이 있었던 모양이다.

다리는 물통에 껴 있었고 머리는 대걸레를 뒤집어써서 드레드 헤어처럼 되었지만…… 그래도 상관없었다.

그 무엇보다 임무가 우선이다. 덕분에 중요한 정보를 입수하는 데 성공했지 않은가.

'문제없어.'

알베르트가 그렇게 자신을 타이른 순간—.

"응? 바닥이 지저분하네. ……뭐, 법진(法陣) 수업을 했으니까 그런가. 다음에 이 교실을 쓰는 건 하……뭐시기 선배니까 냅두면 잔소리 좀 듣겠군."

글렌이 머리를 벅벅 헤집으면서 일어났다.

"야, 너희들. 미안하지만 저기서 청소도구 좀 꺼내오지 않을래?"

그리고 엄지로 알베르트가 숨어있는 청소도구함을 가리켰다.

"귀찮지만 **청소** 좀 하자."

"예이~."

"별일이네요? 선생님이 먼저 그런 말씀을 꺼내시다니."

"시끄러. 가끔은 이럴 때도 있는 거지. 지금처럼."

알베르트는 그들의 대화를 들으며 이를 악물었다.

'칫…… 눈치챈 건가? **청소**라는 건 혹시 은어?'

어찌 됐든 이대로 가만히 있다간 발견되리라.

'아직 들킬 수는 없어……. 어쩔 수 없군.'

알베르트는 흑마 【퀵 이그니션】 주문을 중얼거렸다.

'……《폭(爆)》.'

펑!

청소도구함이 폭발하면서 발생한 폭풍과 불꽃과 연기가 글렌 일행의 시선을 차단했다.

"으어어어어어어어억?!"

"꺄아아아아아……예요!"

"왜?! 왜 이 타이밍에 폭발하는 거지?!"

알베르트는 소란스러운 교실을 뒤로하고 뒤뜰로 조용히 이동했다.

참으로 멋진 이탈 솜씨였다.

'아무래도 내 존재는 들키지 않은 것 같군. ……기우였나. 아니, 어쩌면 눈치채지 못한 척…… 일부러 날 풀어줬을 가능성도…… 뭐, 됐다.'

머리와 어깨 위에 있는 걸레를 털어내고 다리에 낀 물통을 차 날린 알베르트는 다음 잠복 장소로 이동하면서 냉정하게 계획을 세웠다.

'……문제없어.'

그런 가운데—.

"글렌 레이더스, 네 이놈! 이게 대체 무슨 소란이냐! 앗, 청소도구함이…… 학교의 비품을 파괴하다니이이이이이이?!"

"켁! 하피 선배?! 아, 아니에요! 전 모르는 일이라고요!"

"시끄러! 닥쳐! 네놈의 이 만행은 위에 보고하겠다!"

"차, 참아주세요! 또 감봉당할 거라고요오오오오오오오"!

교실 쪽에서 그런 비통한 대화가 언뜻 들렸다.

'……문제는, 전혀, 없어.'

알베르트는 철면피를 유지하며 속으로 한 번 더 강조하고 쿨하게 떠나갔다.

글렌 레이더스가 루미아 왕녀의 암살을 노리고 있다.

그 정보는 이미 웃어넘길 수 없는 상황으로 발전하고 있었다. 의혹이 확신으로 변하고 있었다.

'말도 안 돼. 그 남자가 그럴 리 없어. 하지만 하늘의 지혜 연구회라면…… 혹시.'

그래도 알베르트는 그 의혹을 풀려고 담담하게 잠입 조사를 속행했다. 글렌이 가는 곳마다 따라다니며 동향을 감시했다.

하지만 의혹은 풀리기는커녕 점점 더 심해졌다.

그리고…… 의혹을 풀지 못한 채 결국 방과 후를 맞이했다.

'사태는 이미 돌이킬 수 없는 지경에 이르렀군…….'

방과 후, 알베르트는 인기척이 전혀 없는 학교의 옥상에서 저물어가는 해를 바라보며 생각에 잠겼다.

글렌이 하늘의 지혜 연구회와 내통했을 가능성.

루미아 틴젤의 암살을 계획 중이라는 정보.

처음 들었을 당시에는 눈먼 봉사들의 억측이라고 웃어넘겼건만—.

'아무래도…… 눈먼 봉사는 나였던 것 같군.'

이젠 인정할 수밖에 없었다.

오늘 입수한 정보를 종합적으로 판단하면…… 글렌 레이더스는 적이었다.

글렌 주위의 학생 대부분에 하늘의 지혜 연구회의 입김이 닿아 있었다.

믿을 수 없지만…… 인정하고 싶지 않지만…… 하늘의 지혜 연구회가 자신들보다 한 수 위였다.

'하늘의 지혜 연구회…… 사람을 사람으로 보지 않는 사악한 조직……. 나는 반드시 놈들을 이 나라에서 없애겠다고 결심했다. ……그 어떤 희생을 치루더라도. ……상대가 그 누구더라도. 그래, 그 누구더라도 말이지.'

냉철하게, 냉혹하게, 냉정하게.

자신을 그렇게 타이르면서도 고뇌하던 알베르트가 자신이

다음에 취해야 할 행동을 생각한…… 순간.

탕!

어딘가에서 화약이 터지는 소리가 들렸다.

"……설마, 총성?!"

불길한 예감이 맹렬하게 등을 쓸어 올렸다.

일반적인 마술사는 총이라는 투박하고 촌스러운 데다 신비와는 아무런 관계도 없는 소도구를 혐오하기 마련이다. 이 학교에서 총을 다루는 데 정통한 인물이라면 글렌밖에 떠오르지 않았다.

게다가 이 타이밍.

"치잇!"

혀를 찬 알베르트는 전력을 다해 집음 마술을 무작위로 광역 전개했다.

그러자 곧 교내의 온갖 소리가 알베르트의 고막을 터트리려는 것처럼 모여들었지만 고통 속에서도 선명히 그 목소리를 포착했다.

『세, 세상에…… 어쩜 이런……! 다들 날 속였던 거야?!』

놀라움으로 떨리는 루미아의 당황한 목소리와—.

『하하, 나쁘게 생각하지 마. 그만 포기해.』

그녀의 가까이에서 들린 글렌의 냉혹한 목소리를—.

"……이런!"

알베르트는 땅을 박차고 달렸다.

'계획이 예상보다 진행된 건 알고 있었지만…… 설마 그 계획을 실행하는 게 바로 오늘이었을 줄이야! 내가 이런 실수를!'

옥상을 단숨에 가로지르며 도약, 옥상을 둘러싼 철책을 박차며 다시 또 도약.

공중에 몸을 날리는 동시에 발동한 흑마【매직 로프】로 마력의 밧줄을 생성하여 손과 옥상을 연결한 알베르트는 바람을 가르고 포물선을 그리며 낙하했다.

'소리가 난 방향으로 예상하건대 왕녀를 습격한 장소는…… 놈들의 교실이다!'

진자운동을 하면서 낙하한 알베르트의 눈앞으로 안뜰 맞은편에 있는 글렌 반의 창문이 세차게 다가왔다.

'무사해라! 왕녀!'

챙그랑!

그리고 알베르트는 창유리를 발로 깨면서 교실 안으로 돌입했다.

""""""?!""""""

루미아를 둘러싼 학생들은 갑작스러운 난입자를 일제히 주목했다.

낙법을 취하면서 화려하게 바닥을 구른 알베르트는 그대로 몸을 비틀고 일어나며 학생들에게 왼손 검지를 겨누었다.

"전원, 동작 그만!"

날카롭게 일갈한 알베르트의 눈에 들어온 것은—.

『열여섯 살 생일을 축하해! 루미아!』

그런 문장이 큰 글씨로 적혀 있는 현수막이었다.

"……?"

알베르트는 빈틈없이 손가락을 겨눈 채 냉정하게 주위를 확인했다.

교실 한 가운데에 있는 큰 테이블 위에는 케이크. 그리고 과자와 주스.

그 테이블을 빙 둘러싸고 앉은 글렌과 루미아와 학생들은, 갑자기 화려하게 등장한 알베르트를 눈을 깜빡거리면서 쳐다보고 있었다.

"……아, 알베르트? 너…… 이런 데서 뭐해?"

손에 폭죽을 든 글렌이 정신을 수습하며 옛 전우에게 질문했다.

"……어떻게 된 거지?"

그러자 알베르트는 미동조차 하지 않고 조용한 목소리로 되물었다.

"……아니, 어쩌고 자시고…… 루미아의 생일을 축하하는 깜짝 파티인데……. 그 뭐시냐…… 하얀 고양이가 기획한……."

"……."

알베르트는 역시 미동조차 하지 않았다.

"저기, 시스티나……. 이제 케이크 잘라도 돼? 나, 날붙이를 다루는 건 일가견이 있어. 그러니까…… 아니, 그냥 자를래."

"조, 조금만 기다려줄래?"

리엘은 그런 알베르트를 무시하며 작은 케이크 나이프를 붕붕 휘둘렀다.

"……시스티나 피벨. 복수라는 건 뭐지?"

"으에?!"

느닷없이 알베르트의 날카로운 시선을 받은 시스티나가 펄쩍 뛰었다.

"무, 무슨 말씀이신지 잘 모르겠는데…… 이 파티를 말씀하시는 거라면 어떤 의미로는 그 말이 맞아요! 작년에 저도 루미아한테 똑같이 당했으니…… 올해는 제가 갚아주려고……."

"…………."

알베르트는 그대로 굳어 버렸다.

"……웬디 나블레스. 뒷정리라는 건?"

"히익?!"

느닷없이 알베르트의 날카로운 시선을 받은 웬디가 펄쩍 뛰었다.

"뒷정리라니…… 이 파티의 뒷정리 말인가요?! 그, 그거라면 우리 나블레스 가문에 봉사하는 고용인들이 도와주러

오기로 했는걸요! 그, 그러니까 용서해주세요!"

"…………."

알베르트는 한층 더 딱딱하게 굳어 버렸다.

""""""…………………."""""""

잠시 교실 안을 기묘한 침묵이 지배했다.

"훗."

갑자기 자세를 푼 알베르트는 쿨하게 등을 돌렸다.

"……미안하다. 방해했나 보군."

그리고 반 일동이 주목하는 가운데 발소리도 내지 않고 교실 뒤로 걸어가더니—.

드르륵…… 탁.

말없이 뒷문으로 나갔다.

"""""""?"""""""

영문을 알 수 없는 사태에 일동은 어안이 벙벙했다.

"저 사람, 선생님의 옛 친구인 알베르트 씨…… 맞죠?"

"아~ 응. 뭐……."

"대체 뭐 하러 오신 거죠? 저분은……."

"응, 나도 전혀 모르겠어……."

의아한 얼굴로 질문하는 학생들에게 글렌은 한숨을 섞어 가며 대답했다.

"……아, 그러고 보니 저 녀석. 옛날부터 아주 가끔 영문을 알 수 없는 엉뚱한 짓을 벌이곤 했었지. ……평소에는 더럽게 성실하고 엄청나게 믿음직한 녀석인데 말야."

"하아…… 그런가요……."

그 순간—.

두다다다다다다다!

교실 밖에서 누군가가 달려오는 소리가 들렸다.

"글렌 레이더스, 네 이놈! 이 소음은 또 뭐냐!"

그리고 문을 확 열어젖히면서 할리가 모습을 드러냈다.

"으헉?! 루피 선배?!"

"네놈, 이제는 『하』조차 붙이지 않는 거냐! 아니, 그건 그렇다 치고 뭐냐 저건!"

완전히 꼭지가 돈 할리는 알베르트가 깬 창유리를 가리키며 버럭버럭 고함을 질러댔다.

"창문을 깨다니…… 네놈은 이 신성한 배움터를 대체 뭐라고 생각하는 거냐!"

"에에엑?! 저거, 제가 한 거 아니거든요?!"

"시끄러! 네놈이 했건, 네놈의 학생이 했건 상관없어! 전부 현장 감독자인 네놈 책임이다! 이 작태는 확실히 위에 보고해주지!"

"으아아아아아아앗?! 안 돼요오오오! 또 감봉당한다고요오오오오오오! 제발 눈감아주세요, 하게[#2] 선배!"

"이, 이 자식이?!"

#2 하게 하게는 일본어로 대머리라는 뜻이다.

두 사람이 시끄럽게 떠드는 한편.
"뭐, 아무튼 시작하자."
"으, 응……."
시스티나는 아무렇지 않게 화제를 돌렸다.

그리고 그날 밤.
페지테의 인적이 드문 뒷골목.
"……응? 글렌 도령의 배신은 잘못된 정보라고? 아~ 그야 그렇겠지."
알베르트가 자세한 보고를 마치자마자 《은둔자》 버나드는 선선히 받아들였다.
"그 풋내 나고 어수룩한 정의 바보가 그런 짓을 할 리가 없잖은가."
"……하지만 임무서에 따르면."
"응? 아, 그거? 위조였네만. 내가 멋대로 만든 위조 임무서."
"……."
"크흐흐~! 엄청 비슷하지? 그 군과 여황 폐하의 위조 금박 인장은 내 혼신의 작품……."
바로 그 순간—.
두 줄기 섬광이 버나드의 양쪽 귀를 스치며 뒤에 있는 벽에 구멍을 뚫었다.
알베르트가 스톡해둔 흑마 【라이트닝 피어스】의 더블 캐

스팅이었다.

"설명을 요구한다, 노인장. ……왜 이런 웃기지도 않는 짓을? 대답 여하에 따라선 나도 가만히 있지 않겠다."

고오오오…….

알베르트는 등 뒤에서 그런 효과음이 들릴 것 같은 폭력적인 위압감을 내뿜으며 버나드의 미간에 왼손 검지를 겨누었다.

냉정한 그치곤 보기 드물게도 관자놀이에 시퍼런 힘줄이 돋아있는 것 같았다.

"히이이이이이이이익?! 자, 잠깐 기다리게! 알 도령! 물론 이유야 있지! 이게 다 자네가 요즘 지나치게 일에 몰두하는 것 같아서 그랬던 거라고!"

버나드는 양손을 휘두르고 황급히 변명했다.

"왕녀를 호위하느라 내내 긴장을 풀 겨를이 없었으니…… 마침 좋은 휴식이 되지 않았나? 저 학교에서 평소와는 다른 공기를 느끼면서."

"……그딴 건 필요 없어. 자, 그럼 각오는 됐겠지? 노인장."

알베르트는 냉담하게 대답했다.

"하아~ 글쎄 이렇다니까. 자네도 아직 멀었구만."

하지만 버나드는 과장스럽게 어깨를 으쓱이면서 한숨을 내쉬었다.

"……음? 그건 또 무슨 뜻이지?"

"성실한 건 좋아. 하지만 모든 일에는 완급이라는 게 중요해."

버나드는 씨익 웃었다.

"영웅이라 불릴 정도로 진정한 경지에 도달한 무인은 평상시에는 봄바람처럼 온화하지만 막상 전시에는 단숨에 귀신처럼 변모한다고 하지. ……늘 방심도, 빈틈도, 여유도 없이 마음을 얼음처럼 차갑게 하고 주위를 두렵게 하는 꼬락서니로는 아직 미숙하다는 뜻일세."

"……."

"그런 상태로는 저번 같은 송사리 상대라면 모를까 진짜 강적이 나타났을 때는 지쳐서 제 실력을 발휘하지도 못하겠지. ……내 말이 틀렸나?"

"하지만……."

"그런 식이니까 전에 내가 자네에게 장난으로 건넨 요리소설을 진심으로 받아들이거나, 이번 일이 단순한 생일 파티라는 걸 눈치채지 못했던 게 아닌가."

아픈 부분을 지적당한 알베르트는 떨떠름한 얼굴로 입을 다물고 손가락을 거두었다.

"그렇군……. 확실히 일리가 있어. 충고에 감사한다, 노인장."

"그래. 전부 다 자네를 위한 일이었던 걸세! 결코 내가 보고 즐기려고 했던 게 아니라!"

버나드가 주먹을 굳게 쥐고 눈을 부릅뜨며 나찰 같은 표정으로 외친 순간—.

다시 두 줄기 섬광이 그의 양쪽 귀를 스쳤다.

"……노　인　장?"

"히이이이이이이이이익?! 스톱! 미안, 농담이었어! 농담이라니까아아아아아아!"

새파랗게 질린 얼굴로 뒷걸음질 치던 버나드는 곧 등으로 차가운 벽의 감촉을 느꼈다.

"그, 그보다 알 도령! 지금부터 가볍게 한잔하는 건 어떤가! 자네도 계속되는 경호 임무로 피곤하지? 내가 쏠 테니까!"

"……."

"호위라면 걱정하지 말게! 나도 자네처럼 이 도시에 결계를 펼쳐뒀으니까! 나와 자네의 눈을 피할 수 있는 인간이 있을 리 없지 않나!"

헛소리 작작해, 임무 중이다.

평소의 알베르트라면 그런 식으로 퉁명스럽게 거절했겠지만…… 오늘은 웬일로 말없이 생각에 잠기는 눈치였다.

"……좋다. 딱 한 잔만이다."

그리고 잠시 후 버나드의 제안을 받아들였다.

"호오? 자네도 이제 완급과 여유라는 걸 좀 알게 됐나 보구만?"

"……흥."

퉁명스럽게 코웃음을 친 알베르트는 버나드와 함께 활기찬 페지테의 큰길로 발걸음을 옮겼다.

당신과 나의 물망초

You and my Forget-Me-Not

Memory records of bastard magic instructor

오늘도 평화로운 알자노 제국 마술학원에서 나는 여느 때처럼 그늘에서 사랑하는 저 사람을 보고 있었다.

"히이이이익?! 진정해! 일단 대화로 풀자고, 하얀 고양이! 대화로!"

"거기 서요! 오늘만큼은 절대로 용서 못 한다구요!"

이렇게 멀리서 저 사람을 지켜보는 게 요즘 나의 사소한 일과였다. 저 사람을 눈으로 좇기만 해도 내 얼굴에 자연스럽게 미소가 떠오르는 걸 알 수 있었다.

"히익?! 위험해! 잠깐! 【쇼크 볼트】는 참아! 사정이 있었다고! 그럴 수밖에 없었던 피치 못한 사정이!"

"쪽지 시험 감독 중에 눈꺼풀에 눈을 그려놓고 낮잠을 자는데 무슨 사정이 있다는 거예요!"

약간 개구쟁이 같은 면도 있지만 지금은 그것조차 사랑스럽게 느껴졌다. 저 사람의 빼놓을 수 없는 매력 중 하나였다.

"실은 말이지……. 어젯밤에 세리카랑 날을 새며 체스를 둬서 그래! 그러다 보니 너무 졸려서 어쩔 수 없었다고!"

"완전히 자업자득이잖아요!"

돌이켜 보면 저 사람과의 첫 만남은 친구의 권유로 『그 수업』에 참가한 것이 계기가 되었다.

당시의 기억은 지금도 생생했다.

『그 수업』은 확실히 소문대로의 훌륭한 수업이었고…… 그때까지 마술사로서의 위계를 올리기 위한 공부만 해왔던 나로선 눈이 확 트이는 충격을 받았다. ……그리고 무엇보다 저 사람과 만날 수 있었다.

"훗…… 참고로 어젯밤의 전적은 0승 223패다. 울고 싶군."

"지는 것도 정도가 있지?! 아니, 그보다 어떻게 해야 그렇게까지 내리 질 수 있는 거죠?"

그날부터 저 사람을 떠올릴 때마다 가슴이 뛰는 행복감과 동시에…… 희미한 통증과 안타까움을 느꼈다. 나는…… 저 사람에게 첫눈에 반해버린 것이다.

"맞아, 내 이야기 좀 들어봐! 하얀 고양이! 세리카 녀석, 너무한 거 있지? 내기는 내기라면서 이 가엾은 박봉 교사한테 돈을 뜯어가더라고! 덕분에 또 다음 달까지 위기야! 너무하지?!"

"이기지 못할 걸 안 시점에서 그만두셔야죠! 체스는 운으로 어떻게 할 수 있는 게 아니잖아요!"

"훗…… 거기서 포기하면 난…… 이제 두 번 다시 앞을 보고 걷지 못할 것 같은…… 그런 예감이 들어서……."

"그딴 것보다 현실을 직시하세요!"

언젠가 저 사람에게 이 마음을 전하고 싶었다. 그리고 이룰 수만 있다면…… 평생을 저 사람과 함께하고 싶었다. 저 사람을 위해서라면 이 목숨을 바쳐도 상관없었다. 진심으로 그렇게 생각했다.

하지만 사랑하는 저 사람 곁에는 늘…… **저 녀석**이 있었다.

"아무튼 그렇게 됐으니 하얀 고양이…… 돈 좀 빌려……."

"《저 · 질》!"

"으갸아아아아아아아아아아아!"

저 사람을 바라보면 항상 저 녀석이 함께 있었다.

대체 무슨 심보일까? 연인도 아닌 주제에 사랑하는 저 사람 곁에 늘 찰싹 붙어 다니다니…… 이대로 가면 저 녀석에게 저 사람을 빼앗기는 게 아닐까? 그렇게 생각하자 가슴을 태우는 듯한 조바심이 내 온몸을 지배했다.

'용서 못 해……! 그런 건 절대로 용서 못 해……!'

저 녀석에게 사랑하는 저 사람을 빼앗길 정도라면 차라리—.

모든 것은 사랑을 위해.

그 순간, 소녀는 자신의 이기적인 사랑을 위해 악마에게 혼을 팔아넘겼다.

어느 날 점심시간이 끝나기 직전.

마술학원 본관 옥상에 대자로 누운 글렌은 따스한 햇살을 받으면서 꾸벅꾸벅 졸고 있었다.

"평화롭네……. 이런 시간이 언제까지나 계속됐으면……."

글렌이 속 편하게 하품을 한 순간—.

『꺄아아아아아아아아아악!』

학교 어딘가에서 여학생의 비명이 울려 퍼졌다. 목구멍에서 쥐어짜 낸 공포와 혼란이 멀리 떨어져 있는 이곳까지 확실히 전해질 정도였다.

"예, 예! 알겠다고요! 내가 세운 플래그니까 어쩔 수 없지!"

몸을 벌떡 일으킨 글렌은 비명이 들린 쪽으로 달려갔다. 옥상 출입구를 지나치고 계단을 뛰어 내려와 복도를 질주했다.

'비명이 들린 곳은 저긴가?!'

자세히 보니 여학생들이 웅성거리며 모여 있는 방이 있었다. 글렌은 맹렬하게 돌진했다.

"무슨 일이야!"

그리고 입구 근처에 뭉쳐 있는 여학생들을 밀치고 안으로 들어가자—.

"하, 하얀 고양이……?"

"싫어! 싫어어어어! 오지 마! 나한테 다가오지 말란 말야!"

마침 옷을 갈아입는 중이었는지 반나체 상태의 시스티나가 구석에서 몸을 웅크리고 떨면서 울부짖고 있었다.

"여, 여긴 어디?! 다, 당신들은 대체 누구?!"

"서, 선생님?! 부탁이에요! 시스티를 도와주세요!"

마찬가지로 옷을 반쯤 벗고 있는 루미아가 당장에라도 눈물을 쏟을 듯한 얼굴로 글렌에게 애원했다.

"루미아, 대체 무슨 일이야!"

"모르겠어요! 저흰 다음 수업 때문에 옷을 갈아입고 있었는데 갑자기 시스티가 이상한 말을 하면서 저렇게……!"

"시스티나, 저 로커를 열었더니 갑자기 이상해졌어."

팬티 한 장 차림의 리엘이 로커 하나를 가리켰다.

"로커라고……?"

글렌은 시스티나의 로커로 시선을 돌렸다.

"저, 저건……?!"

그리고 로커 안에 부자연스럽게 있는 풀을 경악에 잠긴 눈으로 응시했다.

"물망초…… 하얀 고양이 녀석…… 설마 저 풀의 향기를 맡은 건가?!"

"무, 물망초라면…… 저번 수업에서 선생님이 가르쳐주신 그거요?"

"그래. 일단 지금은 하얀 고양이를 진정시켜야겠군."

글렌은 양손을 머리 위로 들고 구석에서 몸을 웅크리고 있는 시스티나에게 천천히 다가갔다.

"힉……! 오, 오지 마요!"

평소의 활기찬 모습은 눈을 씻고도 찾아볼 수 없었다. 그녀는 마치 태어나자마자 홀로 밖으로 쫓겨나서 불안과 공포에 몸을 떠는 아기 고양이 같았다.

"괜찮아. 무서워하지 마. 난 네 편이야."

글렌은 마치 처음 만난 어린애를 대하는 것 같은 자상한 태도를 취했다.

"그, 그걸 어떻게 알아요……. 전 당신 같은 사람은 모른다구요……."

"하하하, 그러냐. 그럼……."

"히익?!"

미소를 지으면서 왼손을 내밀자…… 시스티나는 한층 더 겁에 질렸다.

그리고—.

펑!

갑자기 글렌의 손에서 한 송이 꽃이 피어났다.

"……어?"

"받으시죠, 공주님. 친애의 증거로."

글렌은 씨익 웃으면서 시스티나에게 꽃을 내밀었다.

시스티나는 눈을 깜빡이고 무의식적으로 그 꽃을 받아들었다.

"……진정해. 괜찮아. 이 자리에서 너한테 해를 끼치려는 나쁜 사람은 아무도 없어. 만약 있어도…… 내가 널 지켜줄게. ……날 믿어줄 순 없을까?"

"……."

시스티나는 잠시 멍한 얼굴로 손에 든 꽃과 온화한 미소의 글렌을 번갈아 쳐다보았다.

그리고 곧 아직 불안을 씻어내지 못한 표정으로 조심스럽게 고개를 끄덕였다.

"후우…… 이제야 좀 진정된 모양이네……."

"선생님……. 시스티는……?"

루미아는 슬픈 얼굴로 고개를 떨구었다. 아마 시스티나에게 누구냐는 소리를 들은 게 꽤 충격이었던 모양이다.

"기분은 이해하겠는데 이야기는 나중에 하자. 먼저 하얀 고양이를 데리고 의무실로……."

그 순간—.

글렌은 그제야 깨달았다.

시스티나와 루미아는 반나체 상태. 리엘에 이르러서는 거의 알몸(더구나 몸을 가리려 하지도 않는 당당한 자세)이나 다를 바 없는 상태라는 것을…….

왠지 이상하게 살색 비율이 높다는 생각이 들긴 했었는데…….

"여기, 여자 탈의실이었구만……."

반나체, 혹은 거의 알몸인 여학생들 사이에서 글렌은 입가를 일그러트리며 자조적으로 웃었다.

서서히 이성을 되찾고 상황을 파악한 그녀들은…… 속에서 뭐라 이루어 말할 수 없는 분노가 부글부글 끓고 있는 듯했다.

"……훗."

쾅!

글렌은 그런 소녀들을 위협하듯 로커를 손바닥으로 세게 쳤다.

"예, 예. 제가 잘못했습니다. 잘 알고 있다고요. 이래 봬도 반성하고 있거든요? 이제 굽든 삶든 맘대로 하시든지?"

그리고 무의식적으로 얼굴에 주먹을 때려 박고 싶어지는 밉살스러운 얼굴로 폼을 잡더니—.

"따지지 말고 덤벼어어어어어어어어어어어어!"

수라 같은 표정으로 그렇게 외친 순간—.

마치 거친 풍랑처럼 글렌에게 달려든 탈의실 안의 여학생들은…… 절로 눈을 가리고 싶을 정도의 처참한 교내 폭력 사건을 일으켰다.

학교 의무실.

"……요전에 슬쩍 가르쳐준 대로 『물망초』는 인간의 기억에 작용하는 마술적 효과를 가진 풀이야."

옷은 보기에도 딱한 넝마가 된 데다 온몸에 긁힌 상처와 멍투성이인 글렌이 설명을 시작했다.

"특히 자신과 인간관계에 관한 기억에 깊이 작용해서 봉인…… 요컨대 기억을 떠올리지 못하도록 방해하는 효과를 가지고 있어. 원래 실연한 사람이 사랑하는 사람을 잊으려고 썼다는 일화가 있는 풀이기도 해."

루미아는 슬픈 얼굴로 시선을 내리깔았다.

"선생님…… 시스티는 계속 이 상태로 있어야 하나요? 전 그런……."

"루미아…… 기운 내."

평소와 다름없이 졸린 듯한 무표정의 리엘도 지금은 왠지 모르게 슬퍼 보였다.

"괜찮아. 안심해."

글렌은 그런 두 사람을 격려하듯 힘차게 웃었다.

"방금 말했지? 물망초의 작용은 기억의 **소거**가 아니라 **봉인**…… 즉, 일시적인 기억상실 상태를 일으킨 것뿐이지 너희를 완전히 잊어버린 건 아니야."

"예? 그럼……."

글렌의 설명에 루미아의 표정이 확 밝아졌다.

"그래, 해독한 후에 뭔가 계기만 있으면 깔끔하게 전부 떠올릴 거다. 원래대로."

"다, 다행이다……."

루미아는 불안한 표정으로 침대 위에 앉아 있는 시스티나의 손을 잡았다.

"시스티…… 지금은 불안할지도 모르겠지만 힘내. 분명 선생님이 어떻게든 해주실 테니까."

하지만 시스티나는 루미아에게서 시선을 피하고 손을 빼내더니 옆에 서 있는 글렌의 옷을 꽉 움켜쥐었다.

"……시스티?"

“시스티…… 아니. 시스티나…… 그게 제 이름이었나요?”

“응, 맞아. 넌 시스티나. 내 소중한 친구. 그리고 앤 리엘. 시스티가 늘 동생처럼 여겼는데…… 혹시 뭔가 기억나?”

“루미아…… 리엘…… 아뇨. 안 되겠어요. 기억이 안 나요……!”

시스티나는 갑자기 흥분해서 고개를 붕붕 흔들기 시작했다.

“전 당신들 따윈 몰라요! 내가 누군지……! 당신들이 누군지도 전혀 모르겠어요! 무서워……. 무서워요……!”

시스티나가 이성을 잃은 순간—.

“그래, 그래. 알았으니까 좀 진정하자.”

글렌이 다정한 목소리로 말하며 시스티나의 머리를 거칠게 쓰다듬었다.

“아…….”

그러자 시스티나는 바로 입을 다물고 글렌의 얼굴을 올려다보았다. 손은 아직도 옷자락을 강하게 움켜잡고 있었다.

“루미아, 기분은 이해하겠는데 참아. 지금 이 녀석에게 올바른 기억을 강요해선 안 돼. ……이해해줘.”

글렌은 루미아를 달래면서 숨을 내뱉었다.

“물망초의 효과는 다운계로 작용해. 즉, 정신적으로 엄청 우울해지고 불안해져. 그러니까 이럴 때는 말이지…….”

글렌은 시스티나의 앞에서 한쪽 무릎을 바닥에 꿇어 눈높이를 맞추고 부드러운 말투로 말을 걸었다.

"이 녀석들이 말한 건 신경 쓰지 마. 그리고 무리하게 기억을 떠올리려고 할 필요도 없어. 괜찮아."

"저기…… 당신은?"

"나? 글쎄, 과연 누굴까? 딱히 누구든 상관없잖아? 확실한 건 내가 네 편이라는 것뿐이야. 흠, 그래. 나를 부르고 싶거든 『선생님』이라고 불러."

"『선생님』……."

"그 대신 나도 널 『하얀 고양이』라고 불러도 될까? 이 호칭에 별다른 의미는 없지만…… 이름이 없으면 서로 불편하잖아? 어때?"

"아, 예……. 알겠……어요."

여전히 불안해 보였지만 간신히 이성을 되찾고 마음을 가라앉힌 모양이었다.

"죄, 죄송해요. 선생님. 저……."

"신경 쓰지 마, 루미아. 네 기분은 나도 아플 정도로 이해해."

글렌은 침울해진 루미아를 달래듯 어깨를 살짝 두드려주었다.

"그런데 문제는…… 상황을 보아하니 아무래도 하얀 고양이한테 고의적으로 물망초의 향을 맡게 한 몹쓸 녀석이 있다는 건데……."

"그러고 보니…… 시스티가 요즘 누군가의 시선을 느낄 때가 있다고 말한 적이 있었어요."

"진짜? 그렇다면 하얀 고양이에게 원한을 가진 인간의 범행일 가능성도…… 칫. 왠지 수상한데."

글렌이 씁쓸한 목소리로 중얼거리고 시스티나가 불안한 얼굴로 다시 글렌의 옷을 강하게 움켜잡은 순간—.

"글렌."

문이 드르륵 열리며 세리카가 의무실 안으로 들어왔다.

"오, 세리카. 해독 의식 준비는 어때?"

"그게…… 의식 준비 중에 세실리아 녀석이 또 발작을 일으켜서 성대하게 피를 토하고 쓰러졌지 뭐냐."

세리카는 한숨을 내쉬었다.

"아, 그러고 보니 오늘은 감기 기운이 좀 있어 보이던데……."

세실리아는 솜씨 좋은 법의사지만…… 극도의 허약, 병약 체질이다 보니 가끔 이럴 때가 있어서 곤란했다.

"대량의 피로 물든 법진 한복판에 피를 토한 세실리아가 산재물처럼 쓰러져 있는 광경을 목격했을 때는 무슨 악마 소환 의식이라도 벌이고 있나 싶더라……."

"우와……."

그 광경이 선명하게 떠오르는 만큼 더 무서웠다.

"그런 고로 의식 준비가 끝나려면 시간이 더 걸릴 거다. 법진을 처음부터 다시 구축해야 하고 세실리아가 의식을 차릴 때까지 기다려야 하니까."

"어쩔 수 없군. 아무튼 먼저 『물망초』의 독을 빼내지 않으면 차도가 없을 테니."

"그럼 곤란해."

그러자 뜻밖에도 리엘이 그 말을 물고 늘어졌다.

"시스티나가 이대로 낫지 않으면 루미아가 슬퍼해. 루미아가 슬퍼하면 나도…… 왠지 가슴이 아파. 세리카, 좋은 방법 없을까?"

이것도 뜻밖이었지만 리엘은 세리카에게 제법 마음을 터놓고 있었다. 정확한 이유는 모르겠지만 어째선지 서로 남처럼 느껴지지 않는다는 모양이었다.

"흠…… 독을 빼내고 자연스럽게 기억이 돌아오는 걸 기다리는 방법이 아니라면……."

세리카는 글렌과 그의 옷을 잡고 있는 시스티나를 힐끔 쳐다보더니 장난스럽게 웃었다.

"그야 물론 강한 충격을 주는 방법이겠지!"

"잠깐……!"

"……예?"

"리엘. 이건 동서고금을 불문하는 전통적인 기억 상실 개선법이야. 물리적으로 강한 충격을 줘서 고친다는 약속된 치료법이지."

"그래?"

"그래."

"그래, 가 아니라고! 세리카, 너 대체 무슨 소릴……!"

글렌이 제지했지만 이미 늦었다.

“알았어. 그런 간단한 방법으로 시스티나가 원래대로 돌아온다면.”

리엘은 그렇게 말하자마자 자신의 장기인 고속 무기 연성으로 대검을 생성했다.

“꺄악! 사, 살려……!”

“괜찮아! 칼등으로 칠 테니까!”

그리고 당연히 겁에 질린 시스티나를 향해 대검을 세워 들고 돌진했다.

“으라차아아아아아아아아아아아아아아아아아아아아아아아!”

그 순간, 시스티나 앞에 튀어나온 글렌이 리엘의 팔과 멱살을 잡고 다리를 걸어서 벽 쪽으로 집어 던졌다.

쨍그랑!

의무실 창문을 깬 리엘의 몸은 마치 개그처럼 저 멀리 날아갔다.

참고로 여긴 3층이었다.

“아앗?! 리엘~!”

루미아가 황급히 창가로 달려갔다.

“세리카, 너 제정신이야?! 바보인 리엘한테 그런 소릴 하면 이렇게 될 줄 알면서……!”

한편, 리엘이 창밖으로 곤두박질쳤는데도 글렌은 조금도 걱정하지 않고 비난하는 눈으로 세리카를 쳐다봤지만…….

갑자기 등에 닿은 부드러운 감촉에 입을 다물 수밖에 없었다.

"무, 무서웠어……. 고마워요……. 『선생님』……."

시스티나가 등을 껴안고 있었다.

씁쓸한 얼굴로 고개만 돌려서 그녀를 한 번 내려다본 글렌은 게슴츠레한 눈으로 세리카를 노려보았다.

"……이걸 노린 거였군?"

"뭐, 그렇지. 이 계통의 약물로 정서가 불안정해졌을 때 마음을 안정시킬 가장 효과적인 방법은 『마음의 버팀목』을 만들어주는 거잖아?"

"그래, 그랬지. 확실히 나도 그렇게 배웠어, 망할 스승. 아니, 그보다 좀 더 나은 방법은 없었던 거야? 아무리 리엘이라도 화낼걸."

"흠…… 하긴 리엘한테는 좀 미안한 짓을 했군. 나중에 딸기 타르트라도 잔뜩 사줄까. ……그걸로 용서해주면 좋겠다만."

"아, 그러면 전~혀 문제없을걸."

그리고 이 치료법은 역시 효과가 굉장했다.

"저기…… 『선생님』……."

"응?"

"그게…… 절 지켜주겠다는…… 그 말씀은 사실이었던 거군요……."

"어? 아, 응. ……뭐."

“저기…… 당신이 누군지는 아직 기억나지 않지만…… 아무쪼록 잘 부탁드려요. ……『선생님』.”

아무래도 글렌에게는 완전히 마음을 연 모양이었다. 시스티나는 빨갛게 익은 얼굴로 머뭇거리면서 그렇게 말했다.

“그, 그래…….”

그런 시스티나의 반응에 글렌은 왠지 기분이 어색했다.

그리고 그때 창밖의 서관 옥상에서는—.

‘큭, 이럴 수가……. 완전히 역효과였잖아요. ……이대로 가면 사랑하는 저 사람이 결국 또 저 녀석과……!’

어떤 소녀가 원견(遠見) 마술로 의무실의 상황을 훔쳐보고 있었다.

딱히 글렌 본인이 의도한 건 아니었지만…… 결과적으로 기억을 잃은 시스티나는 그에게만 마음을 허락했다.

그렇게 되자 흐름상 해독 의식 준비가 끝날 때까지 글렌이 시스티나를 돌보기로 했다.

글렌은 먼저 루미아와 리엘을 교실로 돌려보내고 시스티나에게 다양한 마술적 응급 처치를 한 후, 그녀를 데리고 교내를 걸었다. 조금이라도 기억 회복에 도움이 됐으면 하는 의도에서였다.

시스티나는 글렌이 어디로 가건, 마치 부모를 쫓아다니는 아기 새처럼 졸래졸래 따라다녔다.

그리고 뭔가에 놀랄 때마다 글렌의 등 뒤에 숨거나 팔을 끌어안았다.

평소의 둘을 아는 사람이 본다면 무척 기묘한 광경이리라.

“저기…… 그 뭐냐. 하얀 고양이? 너무 달라붙으면 좀…… 곤란한데.”

학교 안을 한차례 둘러보고 교실로 가는 도중에 글렌은 자신의 팔을 끌어안고 흠칫거리는 시스티나에게 복잡한 표정으로 말을 걸었다.

“아…… 그게…… 죄송해요…….”

시스티나는 슬픈 듯, 아쉬운 듯 살며시 글렌의 팔을 놓았지만…… 결코 그에게서 떨어지려고는 하지 않았다.

“미, 민폐겠죠. ……저 같은 여자랑 붙어 다니는 건…….”

“아니, 그게 아니라. 저기…… 지금의 너한테는 말하기 좀 곤란한데…….”

글렌은 어떻게 말해야 좋을지 망설였다.

“아…… 그렇군요. 저랑 『선생님』은 분명 교사와 제자의 관계였죠. ……제가 들은 이야기가 맞다면요.”

시스티나는 시선을 내리깔았다.

“그렇겠죠……. 이런 저랑 이상한 소문이라도 나면 『선생님』께 폐가…….”

“아니, 그것도 아니야. 난 이제 와서 무슨 소문이 나건 상관없어. 오히려 너한테 폐가 될까 봐 걱정이지."

"폐, 폐라뇨…… 그럴 리가……."

글렌이라는 정신적 지주를 얻은 시스티나는 지금의 자신이 『평소와는 다른, 기억을 잃은 상태』라는 현실을 서서히 받아들이고 있었다.

그리고 정체를 알 수 없는 누군가가 자신에게 고의로 물망초의 향기를 맡게 했다는 것. 누군가의 표적이 됐다는 것도 어렴풋이 이해하기 시작했다.

이런 상황에서도 시스티나의 총명함은 여전히 빛을 발했다. 그래서 글렌은 기억을 잃기 전의 정보를 어느 정도 언급해도 문제없을 거라고 판단했다.

"아무튼 너랑 난 불구대천의 원수였는걸? 기억이 돌아온 후에 이런 나랑 이상한 소문이 난다면 네 기분이 상하지 않을까 싶어서야."

글렌은 농담처럼 말했다.

"기, 기분이 상하다니……. 그럴 리가…… 저는 오히려……."

"……응?"

"아, 아뇨! 아무것도 아니에요!"

왠지 당황한 것처럼 갑자기 고개를 숙인 시스티나의 뺨이 새빨갰다. 아직 해독을 하지 않아서 몸 컨디션이 정상이 아닌 것 같았다.

"그보다…… 기억을 잃기 전의 저랑 『선생님』은…… 그 정도로 사이가 나빴나요?"

그리고 슬픈 목소리로 그렇게 중얼거렸다.

"응? 그야 뭐…… 얼굴을 마주치기만 하면 말다툼을 하긴 했지……."

"믿을 수가 없네요……. 『선생님』은 이렇게 다정한 분이신데…… 기억을 잃기 전의 저는 대체 왜 그런 짓을……."

"아, 저기…… 하얀 고양이?"

거북하다. 평소의 시스티나를 아는 만큼 이렇게 얌전하게 구는 걸 보고 있으려니 왠지 엄청 거북했다.

그렇게 대화를 나누는 사이에 두 사람은 교실 문 앞에 도착했다.

"어, 어쨌든…… 아직 해독은 안 했지만…… 최대한 기억을 잃기 전의 환경과 접하는 편이 회복도 빠를 거야. 그런고로 내가 담당하는 반 학생들과 함께 수업을 들어줬으면 좋겠는데…… 어때? 괜찮겠어?"

"……."

아직 조금 겁이 나는 듯했다. 하긴 무리도 아니리라. 낯선 장소, 낯선 사람. 믿을 수 있는 사람은 글렌뿐…….

"강요는 안 할게. 네가 싫다면 그만두자. ……어떻게 할래?"

시스티나는 다시 글렌의 팔을 끌어안으며 잠시 입을 다물고 망설였다.

"……예, 말씀대로 해볼게요."

하지만 곧 불안한 표정으로 각오를 다지고 그렇게 대답했다.
"계속 『선생님』께 폐를 끼칠 수는 없으니……."
"그래. ……장하다."
글렌은 시스티나의 머리를 거칠게 쓰다듬었다.
그러자 그녀는 기쁘면서도 기분 좋은 듯한 미소를 지었다.
'마치 아기 고양이 같네……. 응, 진심으로.'
글렌은 한숨을 내쉬며 쓴웃음을 흘렸다.

그리고 글렌과 시스티나는 교실로 들어갔다.
"선생님! 루미아한테 사정은 들었어요!"
"괜찮은 거예요?! 저기요, 선생님! 시스티나, 괜찮은 거 맞죠?!"
그러자 학생들이 일제히 두 사람을 향해 달려들었다.
"……?!"
시스티나는 바로 겁을 내며 글렌의 등 뒤로 숨었다.
"우와…… 엄청 보기 드문 반응……."
"역시 아직 기억이 안 돌아왔나 보네……."
"젠장! 우리 친구를 이렇게 만든 바보는 대체 누구야!"
"절대로! 용서 못 해!"
"그런 것보다 시스티나는 어쩌실 거예요! 선생님! 얼른 치료해줘야죠!"
"시스티나 양을 고칠 방법은 찾았나요?! 만약 괜찮으시다

면 우리 나블레스 가문에 협력을……."

글렌과 시스티나를 에워싼 반 친구들은 걱정한 나머지 흥분한 어조로 쉴 새 없이 떠들어댔다.

"아……아, 아아……."

시스티나의 표정이 삽시간에 공포와 혼란으로 물들었다.

"시, 싫어……! 누, 누가 도와……!"

감정을 폭발시키려 한 순간—.

"이 자식들아! 적당히 좀 해!"

늘 흐리멍덩한 글렌의 입에서 나왔으리라고 상상도 할 수 없는 날카로운 호통에 학생들은 바로 입을 다물었고, 금세 주위가 조용해졌다.

"……이런, 소리 질러서 미안하다."

글렌은 학생들을 안심시키려는 듯 살짝 웃었다.

"하지만 사정을 들었다면 물망초가 인체에 어떤 영향을 끼치는지도 잘 알잖아? 내가 얼마 전에 수업에서 가르쳐준 내용이기도 하니."

"아…… 그, 그건…… 저기…… 죄, 죄송해요……. 선생님……."

카슈가 학생들을 대표해서 고개를 숙이며 사과했다.

"너희가 하얀 고양이를 걱정하는 건 알아. 하지만 이럴 때일수록 평범하게 대해줬으면 좋겠다. 그게 최선이야."

"예……. 저기…… 미안, 시스티나. 우리도 그게…… 누가 너한테 독을 썼다는 말을 듣고 동요해서……."

"아, 아뇨……. 저는……."

글렌의 팔에 단단히 매달린 시스티나는 서서히 안정을 되찾기 시작했다.

"괜찮아. 불안해하지 마, 하얀 고양이."

글렌은 그런 시스티나의 머리를 쓰다듬어주면서 부드러운 목소리로 달랬다.

"이 녀석들은 널 걱정하는 것뿐이야. 다들 네 소중한 친구들이지. ……못 믿겠어?"

"아, 아뇨……. 『선생님』이 그렇게 말씀하신다면…… 아마 그 말씀이 맞겠죠. ……전 믿을게요."

그리고 눈을 감은 시스티나는 몇 번 심호흡을 한 후, 각오를 다진 듯 글렌의 팔을 놓고 한걸음 앞으로 나서서 반 친구들에게 입을 열었다.

"저기…… 미안해요. 전 여러분이 누구인지…… 전혀 기억나지 않아요. ……잊어버려서…… 정말로 미안해요……."

그리고 고개를 숙였다.

"그래도 전 열심히 여러분을 떠올려볼게요. 아직 무섭지만…… 여러분이 정말 좋은 사람들이라는 건 어쩐지 알 것 같아요. ……그러니까…… 저기……."

그리고—.

"이런 저지만…… 아무쪼록 잘 부탁드릴게요."

시스티나는 있는 힘껏 미소를 지었다. 약간 우울한 빛을 띤 그 미소가 무척 덧없어 보였다.

"“'어, 어라……?'”"

그 순간, 학생들 — 특히 남학생들 — 은 충격을 받았다.

'시, 시스티나가…… 저렇게 귀여운 애였던가……?'

'마, 말도 안 돼……. 난, 리엘파였는데……!'

'어……? 왠지 가슴이 두근거리잖아?'

'미인이지만 여자친구로 삼는 건 진심으로 사양하고 싶었는데……!'

'지, 지켜주고 싶어……!'

"애썼다, 하얀 고양이."

그런 남학생들의 속도 모르고 글렌은 시스티나의 머리를 쓰다듬어주었다.

"……『선생님』 덕분이에요. ……당신이 저에게 용기를 주셨는걸요."

"그러냐."

그러자 시스티나는 수줍은 듯 눈을 가늘게 뜨고 무척 기쁜 미소를 지었다.

움찔!

그 순간, 글렌은 불길한 오한을 느꼈다.

"……왜 그러세요? 『선생님』."

"아니, 왠지…… 등을 찔릴 듯한 예감이 들어서. 어째서지?"

글렌은 남학생들의 적의로 가득한 차가운 시선을 받으면서 폭포수처럼 식은땀을 흘렸다.

마술 강사 글렌의 마도구 제조술 수업이 시작되었다.

주제는『보석 가공에 의한 스크롤 제작』. 구체적으로는 양피지 위에 마도회로와 간이 마력로(마나 플랜트)를 구축하고 간이 령주(令呪)로 마술을 발동할 수 있는 소비 부여(씰)형 인챈트를 제작하는 수업이었다.

이미 예전에 했던 수업이었지만 복습과 시스티나의 기억 회복을 겸해서 다시 한 번 선택했다.

글렌이 간단히 요점을 강의한 후 학생들은 작업을 개시했다.

양피지 위에 주문과 법진을 적고 중요한 부분에 툴로 커팅한 보석을 심고 주문으로 마력을 불어넣었다. 각종 마술 촉매와 은을 인두로 녹여서 그걸로 마도회로를 그리는 작업을 능숙하게 진행했다.

하지만 시스티나는 몸에 익은 지식…… 근본적인 마술 이론은 기억에 남아있지만 비교적 최근에 배운 내용은 떠올리지 못하는 듯했다.

그러다 보니 작업이 차질을 빚었다. 온갖 과제를 항상 누구보다 빠르고 정확하게 처리하는 그녀치고는 보기 드문 모습이었다.

"으으…… 어렵네."

시스티나가 난처한 눈으로 글렌을 돌아본 순간—.

"시, 시스티나…… 내, 내가 비결을 가르쳐줄까?"

로드와 카이를 비롯한 남학생들이 그녀의 곁으로 우글우글 모여들었다.

"보석을 커팅할 때는 각도가 중요해……(너한테 배운 거지만)."

"은박을 입히는 비결은 이런 식으로……(너한테 배운 거지만)."

"초, 촉매를 고착할 때 주의해야 할 점은……(너한테 배운 거지만)."

시스티나도 처음에는 당혹스러워했지만 떨어진 곳에서 따스한 눈으로 자신을 지켜보는 글렌의 모습을 확인하고 안심했다.

솔직하게 남학생들의 조언을 받아들여서 작업을 진행했다.

"아…… 성공했어요."

"오오! 잘하잖아! 시스티나!"

"굉장해, 굉장해! 진짜 굉장해!"

"후후, 친절한 여러분 덕분이에요. ……정말로 고마워요."

시스티나는 남학생들에게 밝게 웃어주었다. ……평소의 성질이 드세고 지기 싫어하는 그녀에게선 상상도 할 수 없을 정도로 덧없고 단아한, 절로 지켜주고 싶은 미소였다.

""……아, 이건 위험해…….""

바로 이 순간 루미아파, 리엘파, 웬디파…… 등이 치열하게 격전을 벌이는 군웅할거의 파벌들 속에서 새롭게 『시스티나파』라고 불리게 될 신흥 파벌이 급속도로 세력을 확장했다.

"훗…… 우리 반 애들은 다들 착하군. ……이 선생님도 솔직히 좀 감동했다."

글렌은 그런 물밑 싸움이 벌어지는지도 모르고 감회에 젖어서 말했다.

"음…… 그런데 뭐랄까…… 그거랑은 좀 다른 것 같은……."

루미아는 쓴웃음을 지을 수밖에 없었다.

"여, 하얀 고양이. 어때? 잘 돼가? 너희들도 친절하게 대해줘서 고맙다."

남학생들의 헌신적인 모습에 기분이 좋아진 글렌이 시스티나에게 다가갔다.

"『선생님』……."

자신에게 다가오는 글렌의 모습에 시스티나는 기쁜 얼굴로 웃으며 뺨을 살짝 붉혔다.

그 표정을 본 남학생들은 서로 얼굴을 마주 보았다.

""""""퉷!""""""

그리고 침을 뱉으며 글렌을 외면했다.

"뭐야! 그 반응은! 너희들 나한테 무슨 원한이라도 있어?!"

"가슴에 손을 대고 물어보시죠……."

"당신…… 밤길에 등을 조심하는 편이 좋을 겁니다……."

"아니, 그보다 선생님만 치사하잖아요."(눈물)

"루미아랑 리엘…… 그리고…… 큭! 또 독점하고 싶은 겁니까! 당신은!"(통곡)

"뭐어?!"

평소처럼 큰 소란이 벌어지자, 시스티나는 흠칫거리며 근처에 있는 트윈 테일 여학생에게 말을 걸었다.

"저, 저기…… 죄송한데요. 당신은……?"

"웬디, 예요."

"저기…… 웬디 양……. 궁금한 게 하나 있는데요."

"후후, 말씀하세요."

"고……고맙습니다. 저기…… 혹시 여러분은 『선생님』을 좋게 생각하지 않으시는 건가요?"

웬디는 슬픈 목소리로 물어보는 시스티나를 안심시키려는 듯 쓴웃음을 지으며 대답했다.

"걱정하실 필요는 없답니다. 선생님을 포함해서 저분들이 바보 같은 소동을 일으키는 건 이미 일상적인 풍경이니까요. 어린애들끼리 격의 없이 장난치는 거랑 똑같다고 보시면 돼요."

"그, 그래요……? 다행이다……."

시스티나는 진심으로 안도한 듯 한숨을 내쉬며 웃었다.

"……저렇게 다정하고 믿음직한 분이 미움을 받는 게 아닐까 싶었거든요……. 전, 그게 슬퍼서……."

"……훗, 평소의 당신이라면 상상도 할 수 없는 말이네요."
웬디는 이마에 비지땀을 흘리면서 뺨을 실룩거렸다.
"평소의 저……? 그러고 보니 평소의 저랑 『선생님』은 어떤 관계였나요?"
"예?"
"그게…… 사이가 그다지 좋지 않았다는 말은 조금 들었는데요……."
"음…… 사이가 나쁘다기보단…… 그게……."
"전 알고 싶어요. ……가르쳐주시면 안 될까요?"
"음…… 당신이 괜찮다면 가르쳐드리지 못할 것도 없지만……."
웬디가 어쩔 수 없이 평소의 시스티나와 글렌의 관계를 이야기해주는 한편—.
"에잇! 역시 당신하곤 한 번쯤 결판을 내야겠어!"
"맞아! 맞아! 모든 것은 사랑을 위해! 귀여운 여자애를 부당하게 착취당해온 모든 가지지 못한 자, 인기 없는 자의 한탄과 원념을 풀고 정의를 바로 세우기 위해!"
"연애 격차 사회를 파괴하자!"
"연애 상류 계급과 투쟁을! 여친 없는 역사에 종지부를!"
"""""리얼충에게 철퇴를!"""""
"""""피의 숙청을!"""""
남학생들은 타도 글렌의 깃발 아래에서 팔을 휘두르며 고함을 내지르고 맹렬히 돌진했다.

“치이이이잇! 야, 너희들! 왜 우리가 싸워야만 하는 거냐고!(이번에는 꽤 진심으로)”

엎치락뒤치락하며 시작된 처절한 마술 배틀. 교실 안은 곧 크나큰 혼란에 휩싸였다.

게다가 그 혼란에 박차를 가하는 것처럼—.

“시끄럽다! 네 이놈들! 대체 이게 웬 소란이냐아아아아아!”

할리가 등장했고—.

“하얀 고양이녀가 기억을 잃었다고 들었다! 흠하하하하! 그렇다면 이 천재 마도공학 교수 오웰 슈더에게 맡겨라아아아아아아!

오웰이 수상한 마도기계를 양손에 안은 채 난입했고—.

“기억상실로 불안에 떠는 소녀라면 내 취향에 스트라이크! 치료는 부디 이 몸에게 맡겨다오! 내 백마술로 그녀의 기억을 멋지게 훔쳐…… 되찾아줄 테니!”

체스트 남작까지 어디선가 튀어나왔다.

“꺼져, 이 바보 자식들아! ……아, 죄송합니다. 고주망태 선배는 빼고요…….”

“이젠 비슷한 글자조차 없거든?! 글렌 레이더스으으으으!”

“그 눈으로 똑똑히 봐라! 이 기억 복원 장치는 뇌수에 직접 전기 충격을 주고 폭약을 터트리는 구조다! 기억과 함께 어깨 결림도 폭(爆)☆살(殺)! 그때 당사자의 기억이 일시적으로 과거나 미래로 시간 여행을 떠나는 듯한 데이터가 검출됐지만…… 그딴 건 단순한 버그! 나중에 고칠 테니 신경 쓰지 말고!"

"후힛, 흐히히…… 이리로 오렴, 아기 고양아……. 무섭지 않아……. 이 아저씨에게 네 마음을 전부 보여주련? 하아하아……."

"""""전군 발도, 전군 돌격!"""""

"""""설령 우리가 전멸하더라도 이 전쟁, 선생님을 쓰러트리고 인기 없는 남자와 귀여운 여자애가 한 명씩 살아남으면 우리의 승리다!"""""

"태클 걸 부분이 너무 많아!"

글렌이 하늘을 우러르며 외친 순간—.

"?!"

창밖에서 흑마 【쇼크 볼트】가 시스티나를 향해 날아오는 것이 보였다.

"으갸아아아아아아아아아?!"

"앗—! 으기이이익?!"

때마침 시스티나에게 살금살금 접근하던 오웰과 체스트 남작이 대신 맞아준 덕분에 무사했지만…… 저 변태들이 없었다면 전격은 틀림없이 시스티나에게 명중했을 터였다.

"히익?!"

감전돼서 쓰러진 두 변태의 모습을 본 시스티나의 얼굴이 새파랗게 질렸다.

교실은 한층 더 소란스러워졌다.

“하얀 고양이!”

그리고 글렌의 반응은 신속했다. 바로 시스티나의 곁으로 달려갔다.

그렇다. 시스티나는 누군가에 의해 물망초에 중독되었다.

즉, 그녀에게 악의를 가진 제삼자가 이 학교 안에 존재한다는 뜻.

그녀는…… 그자의 표적이 된 것이다.

“치잇!”

창밖에 있는 습격자로부터 시스티나를 감싸기 위해 끼어들자마자 두 번째, 세 번째【쇼크 볼트】가 날아들었다.

“아, 안 돼요! 도망치세요! 『선생님』!”

“흣, 걱정하지 마.”

글렌은 반사적으로 손을 뻗어서 근처에 있는 누군가의 목깃을 낚아챘다.

“배리어!”

“으갸아아아아아아아아아아아아?!”

그리고 그 인물을 방패로 삼았다.

할리였다.

“후우…… 배리어가 없었다면 즉사였군…….”

“그, 글렌 레이더스, 네 이놈…… 두고, 보자…….” (풀썩)

기절한 할리의 몸을 가볍게 내던진 글렌은 식은땀을 닦으면서 진지한 표정으로 창밖을 응시했다. 정면에는 학교의 별관과 탑 등이 보였다.

'칫…… 틀렸군. 밖에서 여길 노릴 수 있는 곳이 너무 많아. 저격 지점을 색출하는 건 무리인가……?'

"『선생님』! 괜찮으세요?!"

시스티나가 글렌의 등을 와락 껴안했다.

"고마워요. 또 지켜주셔서……. 무서웠어요……."

시스티나는 글렌의 등 뒤에서 울먹이며 몸을 떨었다. 그곳만이 자신이 안심할 수 있는 장소라는 것처럼 필사적으로 매달리는 모습이 한없이 연약해 보였다.

평소의 다부진 모습을 알고 있는 만큼 글렌은 더더욱 마음이 아팠다.

"괜찮아……. 걱정할 것 없어. 내가 곁에 있으니까."

글렌은 시스티나를 달래면서 생각에 잠겼다.

'칫…… 어떻게든 해야겠어. 기억도 그렇거니와…… 하얀 고양이를 노리는 누군가라……. 일단 그 녀석부터 해결하는 게 우선이겠군. 하지만 난 이 녀석이랑 떨어질 수 없는데…… 어쩌면 좋지?'

그리고—.

"이봐…… 2반의 시스티나 소문 들었어?"

"응. 누군가가 고의로 물망초 향기를 맡게 했다며? ……가엾게도."

"오늘 왠지 학교가 조용하다 싶긴 했지."

"저녁에 해독 의식을 할 거라더라."

"그런가. 그건 다행이네!"

"하~ 역시 하루에 한 번은 글렌 선생님이랑 시스티나의 대결을 보지 않으면 왠지 개운하지가 않달까……."

교내에서는 그런 소문이 돌기 시작했다.

"……."

그늘진 곳에서 그 이야기를 듣고 있던 소녀는 몰래 행동을 개시했다.

학교 어딘가에서—.

"안심해. 이제 곧 끝날 테니까."

글렌은 불안한 얼굴로 침대 위에 앉아있는 시스티나에게 그렇게 말했다.

"널 노리는 범인도 이제 곧 잡힐 거고, 네 기억도 원래대로 돌아올 거야. 모든 게 원상복귀인 셈이지."

조금 전에 글렌이 예상했던 것보다 훨씬 간단하게 범인을 잡을 계획이 수립되었다.

남은 건 무사히 해독 의식을 마치는 것뿐.

하지만 시스티나는 왠지 내키지 않는 얼굴이었다.

"……왜 그래?"

"선생님……. 저…… 기억을 되찾고 싶지 않아요."

예상치 못한 발언에 글렌은 경악했다.

"……기억이 돌아오면 지금의 전 어떻게 되는 거죠?"

"으, 응. 그게…… 개인차는 있지만…… 대부분 기억을 되찾는 순간, 기억을 잃었을 때 있었던 일을 전부 깔끔하게 잊어버리는 경우가 많다고…… 들었어."

"당신이 저에게 다정하게 대해주신 것도…… 지켜주셨던 것, 버팀목이 되어주셨던 것도…… 이 기억과 마음도…… 전부 잊어버리는 건가요? 그런 건…… 전 싫어요……."

"……으, 으응?"

글렌은 크게 당황했다.

"이런저런 이야기를 들었어요. 평소의 전…… 역시 당신에게 몹시 신랄하게만 대했다고요."

"아, 아니…… 딱히 그 정도까지는……."

"어째서? 어째서 예전의 전 당신 같은 다정한 분에게 못되게 군 거죠?!"

시스티나는 눈물을 글썽이며 글렌의 얼굴을 올려다보았다.

"제 기억이 돌아오면 분명 당신은 더는 절 다정하게 대해주시지 않겠죠……. 제가 정말 못된 애니까…… 그런 건 싫어요……. 전 지금 이대로가 좋다구요……. 흑…… 훌쩍……."

"……진정해, 하얀 고양이."

글렌은 시스티나의 어깨에 손을 얹었다.

"지금의 넌 약 때문에 일시적으로 불안해진 것뿐이야. 그건 진짜 네 감정이 아니야."

"그, 그치만……."

"그리고 말이다. 진짜 네가 돌아오기를 기다리는 애들도 있어."

"……!"

방 한켠에서 루미아와 리엘이 시스티나를 지켜보고 있었다. 둘 다 걱정스러운 표정이었다.

"괜찮아, 안심해. 난 변하지 않을 테니까."

글렌은 힘차게 웃어주었다.

"확실히 평소의 넌 잔소리가 심한 구석이 있지만…… 사실 난 그것대로 딱히 싫지 않더라. 그러니까 안심해."

"서……『선생님』……. 글렌, 선생님……. 저, 전…… 어쩌면……."

시스티나는 뜨거운 눈길로 글렌을 올려다보았다.

"요, 용서 못 해요……!"

학교 옥상에서 원청(遠聽) 마술을 통해 글렌과 시스티나의 대화를 엿들은 소녀는 주먹을 굳게 쥐고 분노로 몸을 떨었다.

"저를 제쳐놓고 사랑하는 그분과 그런 부럽고 달달한 대화를 나누다니, 절대로 용서 못 해요……!"

몸을 내밀고 옥상에서 아래쪽을 내려다보았다.

맞은편에 있는 별관의 방 — 이제 곧 의식이 열릴 거라는 소문의 장소 — 에 글렌과 시스티나가 있었다.

"이렇게 된 이상 한 번 더 공격을 감행해야겠어요! 모처럼 고생해서 물망초 향을 맡게 했건만…… 저런 방해되는 의식 따윈 엉망으로 만들어버릴 거예요! 우후후……!"

어떤 어설트 스펠을 날려줄까. 소녀가 수상쩍게 웃은 순간—.

"거기까지만 해."

뒤에서 날카로운 목소리가 들렸다.

"앗?! 누구죠?! 대, 대체 어느 틈에 내 등 뒤에?!"

소녀는 경악하며 뒤를 돌아보았다.

그곳에는 검은 외투를 입은 장신의 남성이 서 있었다. 바람에 흔들리는 긴 머리카락 사이에서 엿보이는 맹금류 같은 두 눈이 소녀를 쏘아보고 있었다.

"지금이라면 철부지의 치기 어린 장난으로 넘어갈 수 있다. 물러나."

"저, 저의 등 뒤를 점한 건 칭찬해주겠지만 유감이네요. 그럴 수는 없어요!"

소녀는 의기양양하게 가슴을 펴고 말했다.

"사실 전 상당한 명문 마술사 집안의 출신인데, 일족 중에서도 역대 최고의 천재라는 평을 들었을 정도예요! 당신 같은 어디서 굴러먹은지도 모르는 말 뼈다귀 따윈 상대도 되지 않는다구요!"

"그런가."

"그래요! 그런 저에게 도전하다니, 그야말로『넓은 바다를 모르는 우물 안 개구리』네요! 거친 짓은 하고 싶지 않지만 자기 주제도 모르는 당신에게는 제가 혹독한 교훈을 안겨드리죠. 각오하세요!"

그리고 소녀는 자신만만하게 양손을 내밀고 주문을 영창하기 시작했다.

—이하 생략.

"잡아왔다."

방문을 열자마자 그 남자, 알베르트는 목깃을 잡혀서 대롱대롱 매달린 소녀를 글렌 일행에게 불쑥 내밀었다.

"이, 이 분은 뭐죠? 이상해요……. 괴물이에요……."

대체 무슨 일이 있었던 건지 소녀는 새파랗게 질린 얼굴로 덜덜 떨면서 울더니 글렌 일행 앞에서 맥없이 주저앉았다.

그리고 알베르트는 품속에서 꺼낸 서류 다발을 글렌의 발밑에 던졌다.

"물망초를 입수한 루트와 알리바이, 주변의 증언 등……

이 소녀가 진범이라는 걸 가리키는 증거다. ……뒷일은 마음대로 해."

"오, 일 처리 빠르네. 알 군."

"흥."

알베르트는 시간 낭비였다는 듯 코웃음을 치며 방을 나갔다.

"자, 그럼……."

방 안에는 글렌, 시스티나, 루미아, 리엘, 세리카…… 그리고 이 소동의 진범이라는 소녀.

두 갈래로 땋은 머리가 특징적인 지성과 애교를 겸비한 인상의 소녀였다.

"너…… 아르샤 크레질이군. 이건 또 뜻밖이네……."

세리카는 고개를 숙인 소녀를 보고 그렇게 중얼거렸다.

"누군지 알아? 세리카."

"응. 1학년 중에서는 최상위 우등생이야. 사교적이고 품행방정, 친구도 많고 교사들의 평도 좋아. ……설마 이런 사건을 일으킬 학생이었을 줄은 몰랐군."

1학년이라는 건 글렌이 담당하는 학생들의 1년 후배라는 뜻이다.

"저기, 아르샤. 넌 대체 왜 이런 짓을 저지른 거냐?"

소녀, 아르샤는 세리카의 질문에 대답하지 않고 가만히 고개만 숙이고 있었지만…… 이윽고 체념했는지 무거운 입을 열었다.

"그야…… 사랑했는걸요……."

"……!"

아르샤는 글렌을 애절한 표정으로 돌아보았다.

"좋아하는 감정이 흘러넘쳐서, 괴로워서…… 하지만 멀리서 지켜볼 수밖에 없었는데…… 저 인간은 늘 제가 사랑하는 사람 곁에 있었어요. ……용서할 수가 없었어요……."

"너…… 그래서 하얀 고양이를……."

글렌은 씁쓸한 얼굴로 한숨을 내쉬었다.

"칫…… 사랑이 무겁구만. 하지만 아르샤, 해도 좋은 일과 나쁜 일이 있다는 건 알지? 내 말이 틀려?"

"그, 그런 건 저도 알아요……! 하지만…… 하지만……!"

"진정해. 너 정도 나잇대에는 열병처럼 사랑에 빠지는 게 보통이야. 하지만 그건 일시적인 사랑일 뿐……."

글렌은 어딘가 먼 곳을 바라보는 것 같은 눈으로 그렇게 말했다.

"그렇지 않아요! 이 마음은 진짜예요! 결코 일시적인 게 아니라구요!"

"어쨌든 너한테는 아직 일러. 그 마음이 진짜라고 판단을 내리기엔 넌 아직 너무 어리다고. ……좀 더 많은 사람과 접하고, 다양한 세계를 알고, 많은 걸 배우고 난 후에도 늦지 않아."

"그, 그런……."

"학교를 졸업할 때까지 그 마음을 가슴 속에 소중히 간직해. 그때쯤 되면 또 다른 게 보이기 시작할 거야. 그런 일도 있었지…… 하고 어린 시절의 좋은 추억으로 남길 수 있어."

"그런 건 싫어요! 전 못 기다리겠다구요!"

아르샤는 애달픈 표정으로 양팔을 벌리고 글렌을 향해 달려들었다.

"……바보 같은 녀석."

글렌은 아르샤의 마음을 받아들일 수 없었다. 하지만 적어도 마음껏 울게 가슴을 빌려주는 정도라면. 그렇게 생각하고 양팔을 벌렸다.

"……응?"

하지만 아르샤는 글렌의 옆을 지나쳐갔다.

"꺄악?!"

"사랑해요! 사랑하고 있어요! 언니!"

그리고 뒤에 있던 시스티나에게 안겨들었다.

"……이건 또 뭐야?"

글렌은 뺨을 움찔거리면서 그렇게 말했다.

"뭐고 자시고 전 처음부터 언니를 사모한다고 말했다구요! 소문의 바보 강사가 하는 수업을 들으러 가서 시스티나 언니를 처음 본 순간부터!"

아르샤는 당황하는 시스티나를 꽉 껴안고 놓아주지 않았다.

"어, 어라? 너, 하얀 고양이를 연적으로 보고 있던 게 아니라?"

"연적? 그건 또 무슨 소리죠?"

"그야 낮에도 마술을 날리지 않나, 애당초 하얀 고양이한테 물망초 향을 맡게 하지 않나……."

"그건 사랑하는 언니에게 접근하는 괘씸한 놈들을 쓸어버린 것뿐이에요! 물망초 향을 맡게 했던 것도 항상 언니랑 붙어 다니는 당신 같은 밉살스러운 바보 강사를 잊게 하기 위해서였구요!"

"……아, 그래."

"아앙! 언니! 언니이이이이! 킁! 킁! ……아아, 언니의 좋은 향기…… 하아하아하아…… 머리카락도 찰랑찰랑……."

"잠깐…… 어딜 만지는……! 으응…… 그……그만……."

눈앞에서 펼쳐진 백합 분위기가 물씬 풍기는 (일방적인) 광경을 글렌은 잠시 멍한 눈으로 바라보았다.

"아~ 그러니까 『학교를 졸업할 때까지 그 마음을 가슴 속에 소중히 간직해. 그때쯤 되면 또 다른 게 보이기 시작할 거야. 그런 일도 있었지…… 하고 어린 시절의 좋은 추억으로 남길 수 있어』……라고 말씀하셨던가요? 글 렌 선 생님? 거 참 지당한 말씀이시네요."

그리고 소악마 같은 짓궂은 미소를 지은 세리카는 인정사정없이 글렌의 숨통을 끊는 마지막 일격을 날렸다.

"……저기, 지금 어떤 기분? 응? 응? 지금 어떤 기분이야? 학생이 자기한테 반한 줄 알고 실컷 폼 잡으면서 멋진 대사를 읊은 지금, 대체 어떤 기분?"

"시꺼어어어어어! 웃고 싶으면 웃으라고! 제기랄! 차라리 죽여! 이런 백합 전개가 될 줄 대체 누가 예상했겠냐고! 빌어머그으으으으을!"

글렌은 새빨갛게 익은 얼굴로 하늘을 향해 울부짖었다.

"저기, 루미아. 연애는 남자랑 여자가 하는 거 아니야? 왜 여자가 여자를 좋아하게 되는 거야?"

"리, 리엘한테는…… 아직 좀 이르지 않을까?"

"……?"

리엘이 고개를 살짝 갸웃거리자 루미아는 쓴웃음을 지을 수밖에 없었다.

그 후.

해독의 의식을 받은 시스티나는 머지않아 기억을 되찾았다.

아르샤는 엄중한 주의를 받은 후 대량의 반성문을 쓰라는 처벌을 받게 됐다.

하지만 질리지도 않았는지 그날 이후로 무슨 일이 있을 때마다 시스티나에게 어프로치를 했다. 이번 사건을 계기로 마음속의 빗장이 완전히 망가진 모양이었다. 품행 방정한 우등생이라는 가면은 사라졌지만…… 그녀의 표정에서는 생동감이 넘쳤다.

그리고—.

“정말이지, 적당히 좀 하세요! 당신은 왜 그렇게 강사라는 자각이 부족하신 거예요! 잘 들으세요! 강사라는 건…….”

“알았어, 알았다고! 잔소리 좀 그만해!”

결국, 오늘도 학교 어딘가에서는 익숙한 광경이 펼쳐지고 있었다. 지나가던 학생들도 그런 두 사람을 보며 쓴웃음을 지었다.

“나 원 참…… 그 얌전했던 넌 대체 어디로 간 거냐. 진짜 솔직하고 귀여웠는데…….”

글렌은 머리를 헤집으면서 투덜거렸다.

“또 그 이야기예요?! 몇 번이나 말씀드렸지만 전 기억을 잃었을 동안의 일은 하나도 기억나지 않는다구요! 그러니 그 때 일을 언급하셔봤자 난감할 뿐이에요!”

“하긴 그러시겠지……. 하아~.”

글렌은 어깨를 축 늘어트리고 성대한 한숨을 내쉬면서 시스티나의 설교를 흘려들었다.

설교가 끝난 후—.

‘……잘, 얼버무렸을까?’

시스티나는 세차게 뛰는 가슴의 고동을 애써 숨기면서 힘없는 걸음걸이로 떠나가는 글렌의 등을 눈으로 전송했다.

'곤란해……. 그날의 기억을 떠올리면 아직도 얼굴이 뜨거워져……. 표정에 드러나지 않았으면 좋겠는데…….'

루미아와 리엘에게도 비밀로 한 사실이지만…… 실은 시스티나는 물망초로 기억을 잃었을 당시의 일을 전부 기억하고 있었다. 아무래도 태생적으로 그런 체질인 듯했다.

의식이 끝나고 기억이 돌아온 순간, 자기도 모르게 거짓말을 하고 말았다.

'……실수했어. 아무리 약 때문에 정서가 불안정했다고는 해도…… 이 내가…… 저 인간한테…… 그런…… 그런…… 우와아…….'

다시 뺨이 불처럼 뜨거워졌다. 가슴이 세차게 뛰어서 터질 것만 같았다.

불안에 몸을 맡기고 글렌에게 철썩 달라붙어서 고양이처럼 응석을 부렸던 자신. 그런 자신을 밀쳐내지 않고 마지막까지 격려하면서 버팀목이 되어주었던 글렌.

그때의 글렌은 무척 다정하고 믿음직했다. 그때의 모습을 떠올리기만 해도…… 심장이 뛰고 열이 나는 것처럼 머리가 멍해졌다. 정신이 이상해질 것만 같았다.

이 감정은 대체 무엇일까.

'……아, 아무튼 여러모로 납득이 가지 않고 개운치 않은 사건이었지만…….'

힐끔.

시스티나는 마지막으로 한 번 더 글렌의 등을 훔쳐보았다.

'고마웠어요, 선생님…….'

그리고 속으로 감사의 말을 전했다.

두 명의 광대

Two idiots

Memory records of bastard magic instructor

"아~ 귀찮아……."

세리카의 저택에 있는 글렌의 방.

사방의 벽이 책장으로 꽉 찬 그 방에 의욕 없는 목소리가 울려 퍼졌다.

"세리카 녀석, 가끔은 방 청소 정돈 직접 하라니…… 젠장……."

글렌은 투덜대면서 내키지 않는 굼뜬 동작으로 바닥과 소파 위에 아무렇게나 쌓인 마술 관련 서적과 논문들을 책장에 꽂았다.

"참 나, 어쩔 수 없군. 청소 안 하면 밥을 안 준다고 하니……."

그리고 마찬가지로 책과 논문이 지저분하게 쌓여 있는 책상을 정리하기 시작했다.

"그런데…… 나도 참 용케도 이 모양이 될 때까지……."

책상 서랍을 열고 안에 대충 욱여넣은 마술용 소도구를 모조리 꺼낸 순간—.

"……응?"

그것을 발견했다.

서랍 바닥에 몰래 숨겨놓은 것처럼 잠들어 있던 **그것**.

그것은…… 낡은 종이에 그림이 그려진 한 장의 아르카나

타로 카드였다.

그림이 암시하는 아르카나는 『광대』. 아마도 『광대의 아르카나』인 듯했다.

아마도, 라고 모호하게 표현한 이유는 그 아르카나의 그림이 어린애의 낙서처럼 조잡했기 때문이었다. 종이와 안료도 몹시 질이 떨어졌다.

"흠……?"

글렌은 품속에서 자신이 소지한 『광대의 아르카나』를 꺼냈다.

그의 비장의 고유(오리지널) 마술 【광대의 세계】. 그 마술을 발동하는 열쇠인 아르카나와 책상 서랍에서 나온 조잡한 아르카나를 손바닥 위에 놓고 번갈아 비교했다.

한눈에 봐도 서식이 흡사했다.

"이건……."

잠시 의아한 눈으로 두 장의 아르카나를 바라보던 글렌의 머릿속에 불현듯 그리운 기억이 섬광처럼 되살아났다.

조잡한 아르카나의 표면에 떠오른 그리운 소녀의 미소.

동시에 활짝 열린 창문에서 불어온 잔잔한 바람이 커튼을 흔들었다.

창밖에는 여느 때와 다름없이 예각 지붕이 쭉 늘어서 있는 세련된 페지테의 거리와, 넓은 하늘 위에서 웅장한 위용을 과시하는 환상의 천공성이 자리 잡고 있었다.

———————.

타앙!

"세리카!"

그날 아르포네아 저택의 거실로 이어지는 문을 한 소년이 거칠게 열어젖혔다.

아직 성장기를 맞이하지 않은 남자 특유의 화사함과 작은 키와 미성이 특징적인 열두 살 정도의 소년이었다. 놀랍게도 그 어린 나이에 알자노 제국 마술학원의 교복을 입고 있었다.

하지만 소년은 마치 패잔병 같은 초췌한 얼굴이었고 눈에는 큰 눈물을 한껏 머금고 이었다.

"하아……! 하아……! 하아……!"

"오, 어서 와. ……무슨 일이라도 있었어? 글렌."

거실에는 묘령의 금발 여성이 있었다. 촛대와 항아리와 성화와 융단 같은 고급스러운 가구에 둘러싸인 그녀는, 테이블 앞에 우아하게 앉아서 온화한 얼굴로 찻잔을 기울이고 있었다.

아름다움을 자랑하는 여신조차 무색할 정도의 미녀를 소년은 원망스럽게 노려본 후, 거친 숨을 가다듬으면서 손등으로 흠뻑 젖은 땀을 닦아내고…… 입을 열었다.

"왜…… 왜 가르쳐주지 않은 거야! 내 마술 특성(퍼스널리티)을……!"

그러자 금발의 미녀, 세리카는 얼굴을 씁쓸하게 찡그리며 찻잔을 테이블 위에 살며시 내려놓았다.

"……그렇군. 결국 알게 된 거냐. 오늘 학교에서 마술 검사가 있었군?"

영혼의 윤회전생 경로인 『섭리의 원환』의 회귀점인 동시에, 인간의 모든 기억이 회귀하는 집합 무의식인 제8세계 『의식의 바다』의 가장 깊은 중심부인 모든 생명의 근원…… 『원초의 영혼』. 이 세계의 모든 존재보다 앞서 태어난 최초의 『하나』.

모든 생명은 이 세계를 구성하는 모든 개념을 내포한 『하나』에서 발생한 까닭에, 그 영혼에는 처음부터 『존재 방식』이 정해져 있었다.

그것이 바로 『퍼스널리티』다.

그 영혼이 어떤 개념에서 파생한 것인지를 나타내는 『α(알파)개념』.

그 영혼이 어떤 방향성을 지녔는지를 나타내는 『ω(오메가) 속성』.

퍼스널리티는 대개 【『α 개념』의 『ω 속성1』, 『ω 속성2』】라는 서식으로 표시되고, 이것은 마찬가지로 『원초의 영혼』이 최초로 낸 소리에서 태어난 마술에 큰 영향을 끼쳤다.

그리고 일부의 마술사는 그 퍼스널리티를 이용하여 강력한 오리지널을 독자적으로 만들어내기도 했다.

하지만 글렌의 퍼스널리티는—.

"【변화의 정체·정지】…… 이런 쓸모없는 퍼스널리티로 대체 어쩌라는 거야!"

그렇다. 퍼스널리티는 오리지널뿐만 아니라 그 마술사가 다루는 모든 마술에도 좋건 싫건 영향을 끼쳤다.

마술이란, 마술사란 어느 정도 개인차는 있어도 대부분이 세계에 변화와 가속을 초래하는 자들이다. 하지만 글렌의 퍼스널리티 【변화의 정체·정지】는 그런 마술사들과 완전히 반대되는 존재 방식과 방향성을 지니고 있었다.

즉, 이 퍼스널리티는 글렌이 펼치는 모든 마술에 의한 세계 간섭에 항상 브레이크를 걸고 있다는 뜻이었다.

"어쩐지 향상이 늦다 했어……. 그토록 열심히 노력했는데…… 아무리 시간이 지나도 한 소절 영창을 쓸 수 없고…… 같은 주문에 같은 양의 마력을 쏟아도 늘 남들보다 위력이 낮아……. 줄곧 고민했는데…… 그 이유가 이런 거였어?!"

그 지나치게 특이한 퍼스널리티가 발목을 잡은 탓에 글렌은 앞으로 아무리 노력과 수련을 거듭해도 결코 일반적인 의미의『일류 마술사』가 될 수 없었다.

그것이 글렌이 직면한 잔혹한 현실이었다.

이제 와서 돌이켜보면 글렌의 선천적으로 부족한 마력 조작 감각도 이 퍼스널리티가 어느 정도 영향을 끼치고 있는 걸지도 몰랐다.

"몇 번이나 말했을 텐데. 너에게는 마술의 재능이 없다고."

세리카는 한숨을 내쉬면서 글렌을 흘겨보았다.

"……하지만 그건 제대로 된 마술사로서의 의미야."

"제대로 된 마술사……?"

"그래."

세리카는 울상이 된 글렌에게 그렇게 말하며 의자에서 일어났다.

그리고 우두커니 서 있는 글렌에게 다가가 머리를 부드럽게 끌어안아 주었다.

"확실히…… 네 퍼스널리티는 단순히 힘과 진리만 추구하는 제대로 된 마술사와는 맞지 않는 특성이야. 하지만 글렌…… 마술사에게는 다양한 존재 방식과 형태가 있어."

"……."

"퍼스널리티에는 우열 따위 존재하지 않아. 네 그 퍼스널리티도 너라는 인간의 일부를 구성하는 훌륭한 개성이야. 부끄러워할 필요 없어. 오히려 자랑스러워하면 돼."

"……."

"넌 마술을 진심으로 좋아하고…… 너에게는 남들에게는 없는 너만의 재능이 있어. 그걸로 충분하잖아……."

"……."

"신경 쓰지 마, 글렌. 확실히 마술사에게 퍼스널리티는 큰 의미가 있지만 절대적인 건 아니야. 그걸 메울 수단은 얼마든지 있어. 오히려 그 과정에서 새로운 지혜를 낳는 지혜로운 자가 바로 마술사야. 넌 너만의 마술사를 목표로 삼으면 돼."

세리카는 자애로운 표정으로 글렌의 머리를 쓰다듬었다.
그녀의 말은 틀림없는 정론이었다.
그러나—.
"……뭐야……. 나만의 마술사라는 게……."
그런 어른의 사고방식을 받아들이기에는…… 글렌은 아직 너무 어렸다.
"난 세리카나 옛날이야기에서 나오는『정의의 마법사』처럼 되고 싶었는데…… 모두를 지키는 힘을 원했는데……! 이런 퍼스널리티로 대체 뭘 어쩌라는 거야!『정의의 마법사』가 되는 건 이룰 수 없는 꿈이었잖아!"
글렌은 세리카의 팔을 뿌리치고 그녀를 밀쳐 버렸다.
"그, 글렌……?"
글렌이 이런 식으로 명백한 거절 의사를 드러내는 걸 처음 본 세리카는 어찌해야 좋을지 몰라 몸을 떨었다.
"지, 진정하자……. 응? 글렌, 확실히 마술사는 강한 힘을 얻는 것도 중요하지만…… 그보다 더 중요한 건 그 힘으로 무엇을 이뤄낼지가……."
"시끄러워!【만리(万理)의 파괴·재생】…… 그런 굉장한 퍼스널리티를 가진 세리카가 내 마음을 이해할 리 없잖아!"
"……!"
세리카의 퍼스널리티—【만리의 파괴·재생】. 모든 물리 법칙을 파괴하고 자유자재로 재구축할 수 있는 그녀의 특성은 뭔가를 파괴하는 어설트 스펠의 발동과 위력에 어마어마한 메리트를 가진 것은 물론이고, 때로는 절대불가침 영역인 시간의 섭리조차 파괴하고 지배하는 것이 가능했다.

한 개인이 가지기에는 너무나도 뛰어난 특성이자, 유일무이한 재능.

그리고 그런 탁월한 퍼스널티리를 가진 탓에…… 그녀의 말은, 그녀를 진심으로 동경하는 글렌의 마음에는 와 닿지 않았다.

"어차피…… 속으로는 날 계속 바보취급했던 거지?! 넌 내 보잘것없는 퍼스널리티를 알고 있었으니까! 그야 그렇겠지. 세리카가 보기에 나 같은 건……! 이런 모자란 날 거둬들인 것도 사실은 우월감—."

글렌은 자제심이 부족한 어린애답게 감정을 고스란히 드러내며 울부짖었다.

그러자 세리카는 손바닥으로 글렌의 뺨을 철썩 때렸다.

"……?!"

퍼뜩 놀란 글렌은 뺨을 손으로 가리며 세리카의 얼굴을 올려다보았다.

"……화낼 거다, 글렌."

글렌을 내려다보는 세리카의 표정은 험악했지만…… 말과는 반대로 화가 났다기보다 슬퍼하는 듯한 복잡한 표정이었다.

"……아."

폭풍처럼 거칠게 휘몰아치던 감정이 급속도로 잦아들었다. 어린 마음에 세리카가 그런 표정을 짓게 했다는 것에 큰 죄책감을 느낀 글렌은 고개를 떨궜다.

그래도 주체할 수 없는 감정에 몸이 떨렸고—.

"~~~~윽!"

글렌은 세리카에게 등을 돌리며 거실에서 뛰쳐나왔다.

그 후…… 자신도 이해할 수 없는 감정에 이끌려 세리카의 저택을 뛰쳐나온 글렌은 정처 없이 페지테의 거리를 헤매고 다녔다.

페지테는 대도시다.

화려하고 밝은 이면에는 위험한 뒷모습도 존재했다.

지금 글렌이 길을 헤매다 발을 잘못 들인 곳은 그런 뒷모습의 대표 격인 빈민가였다.

어수선하고 치안이 좋지 않은 지역이라 평소였다면 절대로 접근하지 않았을 장소를 될 대로 되라는 심정으로 어깨를 늘어트린 채 힘없이 걷고 있었다.

그리고 그 계기는 정말로 사소한 일이었다.

제대로 앞을 보지 않고 있었던 글렌은 누가 봐도 양아치 같은 세 명의 불량소년들과 스쳐 지나갈 때, 어깨가 닿았다면서 시비가 붙고 말았다.

물론 최악의 저기압이었던 글렌이 고분고분히 사과할 리

가 없었고 불량소년들은 바로 발끈했다.

일촉즉발의 분위기.

위험을 느낀 글렌은 자신의 몸을 지키기 위해 반사적으로 마술을 쓰려했다.

"《어린 뇌정(雷精)이여·그대는 그 자전(紫電)의 충격으로·저 적을—》."

"우릴 깔보는 거냐! 이 자식이!"

하지만 불량소년 중 한 명이 갑자기 휘두른 주먹에 맞고 길바닥에 쓰러지고 말았다.

"……아, 아윽?!"

"뭔 영문 모를 소릴 쫑알거리는 거야? 아앙……?"

"애송이가 까불지 말라고. 아앙?"

불량소년들은 뇌가 흔들려서 몸에 힘이 빠진 글렌에게 욕설을 퍼붓고 비웃었다.

그 후는 약속된 전개였다.

저항하지 못하는 글렌을 일방적으로 두들겨 패고, 걷어차고, 짓밟았다.

"햐하하하하하하! 이봐, 도련님! 엄마가 안 가르쳐줬쩌요?"

"애송이가 이런 위험한 장소를 혼자 돌아다니면 못쓴다고 말이지!"

"꺄하하하하하하하! 뭐야 그게! 진짜 웃겨!"

이런 몽롱한 의식과 제어를 잃은 혀로는 도저히 주문을

영창할 수 없었다.

거친 파도처럼 온몸을 희롱하는 무수한 충격을 그저 무력하게 견딜 수밖에 없었다.

'……나는…… 이런 놈들조차도…… 못 이기는…… 건가…….'

글렌은 얻어맞는 와중에도 멍하니 그런 생각을 했다.

첫 일격으로 막혀버린 세 소절 영창 주문.

만약 그게 한 소절 영창이었다면…… 주문은 틀림없이 여유 있게 성공했으리라. 반대로 글렌이 불량소년들을 일방적으로 쓰러트리는 전개가 됐을 터였다.

하지만 글렌은 한 소절 영창을 쓸 수 없었다.

어떤 주문이든 최소 세 소절 이상이 아니면 제대로 발동하지 않았고 제어도 불가능했다.

그런 것도 전부―.

'……내 퍼스널리티가…… 【변화의 정체·정지】인 탓에…….'

마술은 세계 법칙에 개입해서 세계에 변화를 초래하는 기술이다.

하지만 글렌의 퍼스널리티는 그 과정에 항상 브레이크를 걸었다. 그래서 남들보다 많은 소절과 마력을 주문에 투자하지 않으면 원하는 변화를 이끌어낼 수 없었다.

세계 최고의 마술사인 세리카와 옛날이야기에서 나오는 강한 『정의의 마법사』를 동경하던 소년에게는 너무나도 큰 핸디캡이었다.

승부는 그때의 운. 승패병가지상사(勝敗兵家之常事)라는 말도 있지만 그렇지 않아도 좌절한 상태에서 고작 양아치들 따위에게 졌다는 사실은 글렌의 마음을 완전히 꺾어놓기에 충분했다.

그런 생각을 하는 사이에도 불량소년들은 인정사정없이 폭력을 퍼부었다. 이미 글렌은 통증조차 느끼지 못할 정도로 너덜너덜해진 상태였다.

'……어차피…… 나 같은 건…….'

의식이 새하얗게 물들기 시작했다.

자포자기한 심정으로 의식을 놓으려던 순간—.

"너희들. 잠깐 기다려봐."

옥구슬 같은 목소리가 늠름하게 울려 퍼졌다.

"……난 약자를 괴롭히는 건 좋지 않다고 생각하거든?"

그 목소리는 폭력에 의한 찰나적인 쾌락에 빠져있던 소년들의 정신을 현실로 되돌리기에 충분했다.

땅에 엎드린 글렌은 대체 무슨 일인가 싶어 천천히 고개를 들었다.

그러자 눈앞에는…… 한 소녀가 서 있었다.

글렌보다는 연상이었다. 아마 열대여섯 살쯤이 아닐까.

짧고 삐죽삐죽한 금갈색 머리카락을 카추샤로 정리한 소녀였다. 크고 매서운 눈초리는 마치 도둑고양이를 연상케 했고, 콧날은 오뚝했으며 도톰하고 사랑스러운 입술은 여유

와 애교가 느껴지는 미소를 짓고 있었다.

싸구려 탱크톱과 핫팬츠 아래로 늘씬하게 뻗은 팔다리가 참으로 건강하고 탄탄해 보였다. 어깨는 어린 소녀답게 좁았지만 자세와 행동거지에서는 묘한 자신감과 관록이 엿보였다.

그런 소녀가 자신만만하게 폭력 현장에 개입한 것이다.

"헉?! 니나?!"

"어떻게 네가 여기에?!"

그리고 소녀의 등장에 소년들은 명백히 동요한 기색을 드러냈다.

"내가 여기 있으면 안 돼? 그보다 그 애…… 행색을 보아하니 어디 잘사는 집 도련님 같은데 불쌍하지도 않아? 그만해."

소년들은 아무래도 니나라는 소녀를 두려워하는 듯했지만…… 그래도 명색이 남자가 셋이나 모였는데 고작 여자 하나를 상대로 고분고분히 물러나는 굴욕을 받아들이는 것에는 강한 저항감을 느낀 모양이었다.

"시, 시, 시끄러! 건방지게 어디서 지적질이야! 아앙?!"

"박살 내주마!"

흥분한 소년들이 소녀를 향해 돌진했다.

각자 주먹을 치켜들고, 나이프를 꺼내 들고 소녀에게 달려들었다.

그 모습은 마치, 전장에서 궁지에 몰린 병사의 목숨을 건 마지막 돌격과 겹쳐 보였다.

하지만 상황만 놓고 보면 여자 한 명 대 남자 셋.

보통이라면 소녀가 소년들에게 간단히 제압당하고 유린당하는 뻔한 결과가 됐겠지만—.

"참 나…… 너희는 왜 그렇게 혈기가 왕성한지 모르겠다니까."

어느새 자연스럽게 싸울 태세를 갖춘 소녀는 가볍게 몸을 움직였다.

주먹을 휘두르는 첫 번째 소년을 가볍게 피하면서 손을 낚아채더니 「후웃!」 하고 팔을 휘두르며 화려하게 집어던졌다.

소년의 몸이 공중을 한 바퀴 회전하고 바닥에 처박히는 것보다 먼저—.

"핫!"

두 번째 소년의 나이프 공격을 오른손으로 막는 동시에 한걸음 파고들면서 왼손바닥으로 턱을 쳐올렸다.

"야아아아아아압!"

그리고 왼발을 축으로 팽이처럼 회전하더니 선풍 같은 상단 뒤돌아 차기를 세 번째 소년의 연수에 때려 박았다.

시간으로 따지면 고작 몇 초.

너무나도 손쉽게 의식을 빼앗긴 불량소년들은 그대로 길바닥에 널브러지고 말았다.

글렌은 그 경악스러운 결과에 한순간 넋을 잃었다.

"……너, 괜찮아?"

그러자 소녀가 다가와서 손을 내밀었다.

"난 니나라고 해. ……잘 부탁해."

그리고 씨익 송곳니를 드러내며 무척 귀엽게 웃었다.

이것이 글렌과 소녀…… 니나와의 첫 만남이었다.

"흐응…… 넌 글렌이라고 하는구나."

니나는 글렌의 손을 잡고 빈민가를 걸었다.

그 모습은 마치 손이 많이 가는 개구쟁이 동생을 돌보는 누나 같았다.

실은 불량소년들에게 호되게 당한 글렌의 상처를 치료해 주겠다면서 억지로 끌고 가는 중이었다.

물론 글렌은 간단한 법의 주문(힐러 스펠)을 알고 있었다. 약간 시간이 걸리기는 하겠지만 이 정도의 상처는 문제없이 고칠 수 있었다.

하지만 상처가 워낙 심한 데다 흙까지 들어간 게 문제였다. 이대로 상처를 막아버리면 체내에 이물질이 들어올 위험성이 있었고, 어쩌면 세균에 의한 감염증을 일으킬지도 몰랐다. 물론 백마술 중에는 체내에 들어온 이물질을 배출하는 마술과 상처를 소독하는 마술도 있지만 지금의 글렌에게는 난이도가 너무 높았다.

어차피 상처의 세정과 소독은 필수 사항.

글렌은 니나와 잡답을 나누며 얌전히 끌려갈 수밖에 없었다.

"흐응, 넌 그 알자노 제국 마술학원의 학생…… 마술사 후보생이었구나. 굉장해! ……응? 어라? 그런데 왜 그런 녀석들한테 진 거지?"

"시, 시끄러워! 내, 내가 진심으로 싸웠으면 그런 놈들 따윈!"

글렌이 새빨개진 얼굴로 허세를 부리자 니나는 쓴웃음을 지을 수밖에 없었다.

"응, 그래. 네가 진심으로 싸웠으면 아마 그 녀석들한테 지진 않았겠지."

"빌어먹을, 닥쳐. ……마음에도 없는 소리를 지껄이긴."

글렌은 울컥해서 화를 냈다.

"……응? 아닌데? 난 진심으로 네가 이겼을 거라고 생각해."

"……?"

"너…… 실은 무슨 격투기 같은 거 하고 있지? 그것도 꽤 본격적으로."

니나의 지적에 글렌은 자기도 모르게 입을 다물었다.

"이렇게 손을 잡고 걷고 있으니 왠지 알 것 같아. 이 손은 하룻밤 사이에 만들어지는 게 아니라는걸. 그리고 발놀림을 보아하니…… 아마도…… 권투인가?"

그 말대로였다. 『남자라면 마땅히 문무양도여야 한다』…… 그런 세리카의 교육 방침 때문에 글렌은 상당히 본격적인 권투 훈련을 받고 있었다.

마술사는 관두고 권투가나 되라는 말을 들을 정도로 제

법 재능이 있는 모양이었다.

"그런 네가 저런 수준의 인간들에게 진 건 방심했거나…… 분명 무슨 사정이 있는 거겠지?"

"시끄럽네 진짜…… 너야말로 대체 정체가 뭐야?"

"아하하, 내가 신세를 지고 있는 고아원 원장님이 퇴역한 군인이라서 말야. 실은 나도 너처럼 꽤 본격적으로 배우고 있거든. ……제국식 군대 격투술."

"군대 격투……? 여, 여자가 하필이면 왜 그런 걸?"

글렌이 자기도 모르게 의문을 입에 담은 순간—.

그 말에 민감하게 반응한 니나는 고개를 돌려 글렌의 눈을 똑바로 바라보았다.

"……『힘』이 필요하니까."

"뭐……?"

"……모두를 지키려면…… 말이지."

그렇게 말한 니나의 표정은 부드러웠지만…… 한없이 진지했다.

글렌은 그런 그녀의 옆얼굴에 잠시 넋을 잃고 말았다.

"자, 도착했어. 여기가 내가 신세를 지고 있는 고아원이야."

그리고 빈민가에 어울리는 초라한 건물이 눈에 들어왔다.

"앗, 니나 누나다!"

"언니, 어서 와~!"

고아원 부지 안에 있는 작은 앞마당에서 니나와 글렌을 맞이한 건 모두 열 살도 채 되지 않는 나이 어린 소년소녀들이었다.

"응, 애들아. 얌전히 있었니?"

니나는 씨익 웃으면서 아이들에게 말을 걸었다.

"응, 우리 얌전히 있었어!"

"있었어!"

"있잖아, 니나 언니. 그 너덜너덜하고 지저분한 오빠는 누구야~?"

"누구야~?"

그러자 아이들의 시선이 니나와 손을 잡고 있는 글렌에게 집중되었다.

"아~ 알겠다~! 분명 언니의『남친』일 거야~!"

"꺄악~! 언니, 어른이다~!"

"음…… 내 마음을 사로잡기에는 아직 너무 어리지 않나~? 그래도 뭐, 제법 핸섬하니…… 앞으로의 성장에 한 번 기대해볼까?"

니나와 아이들이 갑자기 꺅꺅 시끄럽게 떠들어대자 글렌은 질색하는 표정을 지었다.

"자, 애들아. 슬슬 저녁 먹을 시간이잖아? 이제 그만 놀고 원장 선생님을 도와드려야지."

""""""예~!""""""

니나의 말에 사이좋게 대답한 아이들은 건물 안으로 쪼르르 달려 들어갔다.

글렌은 그 광경을 떨떠름한 얼굴로 지켜보았다.

"니나, 너…… 왠지 애들이 엄청 잘 따르네?"

"여기선 내가 가장 누나라 어릴 때부터 돌봐줘서 그래."

"여긴 대체 어떤 곳이야? 왜 저렇게 어린아이들이 이렇게 많이……."

"하하, 고아원이라고 했잖아? 부모한테 버림받은 아이, 부모를 여읜 아이, 난민, 전쟁고아…… 다양한 이유로 의지할 곳이 없어진 아이들이 모이는 장소야."

"……."

"솔직히 생활은 궁핍해. 정부의 지원금은 참새 눈물만큼밖에 안 나오니까. 그래도 부족한 돈은 원장님이 필사적으로 기부금을 모으고, 나도 아르바이트를 하고, 다 같이 가정 농원을 꾸려서…… 어떻게든 굶지 않을 정도로는 먹으면서 살고 있어. 옷도 만족스럽게 살 수 없고, 학교에도 못 다니지만…… 저렇게 다 같이 웃으면서 지내고 있어. ……적어도 지금은."

냉혹한 사회의 현실을 직면한 글렌은 세리카를 만난 자신이 얼마나 운이 좋은 케이스였는지 뼈저리게 실감했다.

"……미안, 좀 우울한 이야기였지? 이런 이야기 해봤자 너한테는 비꼬는 것처럼 들렸을지도 모르겠네. 난 그럴 생각은 아니었는데……."
"……아, 아니야. 난 딱히 신경 안 써."
"그래. 그럼 일단 치료부터 하자."

고아원으로 들어간 글렌은 넓은 방에서 니나의 치료를 받았다.
빈민가 광장의 공동 수도에서 퍼온 물로 상처를 정성껏 닦아주었다.
"……너, 꽤 익숙하네."
"애들도 마당에서 뛰어다니다가 자주 다치거든."
니나는 뒤뜰에서 캐온 소독용 약초를 능숙하게 빻고 짠 즙을 글렌의 상처에 발랐다.
당연히 쓰라렸지만 자신보다 어린아이들이 지켜보고 있는 탓에 억지로 평정을 가장했다.
"……좋아. 이러면 됐겠지. 그다음은……."
"아, 이제 됐어. 니나. 이거라면 마술을 써도 괜찮을 것 같아."
그렇게 말한 글렌은 의자에서 일어나 주문을 영창하기 시작했다.
"《마음 착한 하늘의 사도여·상처 입고 지친 내 몸에·안식과 구원의 손길을》."
동시에 옅은 빛이 퍼지더니 단숨에 상처가 치유되었다.

온몸의 찰과상이 사라지고 얼굴의 부기와 타박상도 가라앉았다.

"……?!"

니나는 눈을 휘둥그레 떴다.

이윽고 5분쯤 지나자 상처가 하나도 남김없이 완전히 사라졌다.

'……고작 이 정도의 상처에 5분이나 걸리다니……. 역시 난 재능이 없는 걸까?'

글렌은 우울한 기분으로 역할을 마친 마술을 무의식에서 해방(오픈)했다.

"……너, 너, 굉장하잖아!"

그러자 니나가 흥분한 기색으로 갑자기 글렌의 손을 덥석 잡았다.

"처음 봤어! 이게 마술이라는 거지?! 소문으로는 들었지만…… 정말 굉장한 힘이구나! 우와! 우와!"

니나는 상처가 완전히 사라진 글렌의 몸을 여기저기 만지면서 방금 눈앞에서 벌어진 믿을 수 없는 기적을 음미했다.

……엄청 부끄러웠다.

"그만해, 만지지 마. ……뭐가 굉장하다는 건지."

글렌은 불쾌한 얼굴로 니나의 손길을 피했다.

"이런 건 전혀 굉장한 게 아니야. 5분이나 걸렸잖아. 내 동기라면 1분…… 더 잘하는 녀석이라면 단숨에 고쳤을 거라고."

글렌은 토라진 듯 코웃음을 치며 니나의 칭찬을 막았다.

딱히 겸손은 아니었다. 단순한 사실이었다.

만약 학교에서 누군가에게 이런 모습을 보였다간 바로 웃음거리가 됐으리라.

"그야 너희 사이에서는 그럴지도 모르겠지만! 그래도…… 우리는 그것조차 할 줄 모르는걸! 응, 역시 굉장해!"

하지만 니나는 구김살 없이 웃으면서 다시 글렌을 칭찬했다.

"좋겠다……. 나한테도 이런 『힘』이 있었다면……."

니나가 부러운 목소리로 그렇게 말한 순간.

"어서 오렴, 니나. ……어라? 그 아인 누구니?"

인자해 보이는 초로의 남성이 방 안으로 들어왔다.

"아, 다녀왔습니다. 알드 아빠. 얘는, 글렌. 길에서 주워왔어."

"요 녀석, 니나. 말을 곱게 써야지."

가벼운 꾸중을 들은 니나는 에헤헤 웃으면서 사정을 설명했다.

"……그런 일이. 재난이었겠군요, 글렌 군."

사정을 다 들은 알드는 글렌을 위로했다.

"이 근방은 비교적 거친 사람이 많은 편이라…… 당신 같은 분은 특히 조심하는 편이 좋을 겁니다."

"아, 예……. 죄송합니다……."

"하하하…… 저에게 사과하실 필요는 없습니다. 당신이 다치면 슬퍼할 사람이 있다는 걸 부디 명심해주세요."

한없이 온화한 어른인 알드 앞에서 글렌은 그저 고개를 끄덕일 수밖에 없었다.

"……자, 그럼 글렌 군. 이런 지저분한 곳이라 죄송하지만 아무쪼록 편히……라고 말씀드리고 싶은 참인데 벌써 이런 시간이네요. 어서 돌아가지 않으면 가족분들이 걱정하시겠지요. ……니나야."

"응, 알았어. 아빠. 내가 바래다주고 올게."

"아, 아니…… 딱히 그럴 필요는……."

"음~ 너, 가는 길은 알아?"

"……."

아픈 부분을 지적당한 글렌은 입을 다물었다.

그러고 보니 흥분한 상태라 어떻게 여기까지 온 건지 전혀 기억이 나지 않았다.

"아하하! 그럼 정해졌네! 자, 가자! 글렌!"

글렌과 니나는 황혼으로 물든 거리를 나란히 걸었다.

"……무척 다정한 분이시네."

앞으로 길게 뻗은 그림자를 말없이 쫓던 글렌은 어색한 분위기를 풀어보려고 입을 열었다.

"……알드 아빠?"

"응."

"맞아. 의지할 곳 없는 우리를 받아주고 돌봐주기까지 하는 정말 훌륭한 분이셔."

니나는 쿡쿡 웃으면서 대답했다.

"……하지만 저렇게 보여도 제국군 출신인걸? 가끔 화낼 땐 진짜 무서워."

"그래……?"

저 성인(聖人) 같은 남자가 화를 내는 모습은 도저히 상상이 가지 않았다.

"임무 중의 사고로 퇴역했다는데…… 현역 시절에 수많은 전쟁 고아를 목격한 걸 계기로 남은 인생을 의지할 곳 없는 아이들을 위해 쓰기로 결심했다나 봐."

"……진짜 성인이잖아."

더더욱 화내는 모습을 상상할 수 없었다.

"그래도…… 아빤 엄청 고생하고 있어. 가족을…… 우리를 지키려고."

"……가족……."

그 순간, 글렌의 머릿속에는 심한 말을 해서 슬프게 해버린 어느 사랑스러운 금발 여성의 얼굴이 스쳐 지나갔다.

"너도 가족을 소중히 해. 지켜주는 걸 당연하다고 생각하면 안 된다?"

"그, 그런 건 나도 알아! 쓸데없는 참견이야!"

"그럼 됐고. 넌 아무리 봐도 가족이랑 싸워서 집을 나온 것 같았으니까."

"그, 그걸…… 어떻게……?"

"너 같은 잘사는 집 도련님이 그런 토라진 얼굴로 이런 동네를 정처 없이 어슬렁거리는 이유는 그 정도밖에 안 떠오르는걸? ……집에 가면 제대로 사과해."

글렌은 마치 누나처럼 구는 니나의 태도가 마음에 들지 않았다.

"나……나를 어린애 취급하지 마……."

"그런 부분이 어린애라고 생각하는데~. 무리하기는. 뭐, 귀여우니까 상관없지만."

니나는 그렇게 말하며 미소 지었다.

대체 어떤 부분을 말하는 건지 감도 잡지 못한 글렌은 부루퉁한 표정을 지을 수밖에 없었다.

이윽고—.

두 사람은 어느 교차점에 도착했다.

어느새 어수선한 경치가 사라지고 글렌에게도 낯익은 광경이 눈에 들어왔다.

"……여기까지면 돼. 니나."

글렌은 걸음을 멈추고 그렇게 말했다.

"여기서부터는 혼자서 갈 수 있어. 그게…… 고마워."

"후훗…… 별말씀을. 뭐, 곤란할 때는 서로 돕고 살아야지."

"……응. 그럼 이만 갈게."

이별의 시간이 찾아왔다.

이렇게 아주 잠시 교차했던 글렌과 니나의 시간은 막을 내렸고…… 내일부터는 다시 각자의 일상이 시작되리라.

서로 사는 세계가 달랐다.

이제 두 번 다시 그 길이 교차할 일은 없으리라.

글렌이 등을 돌리고 걸음을 옮기기 시작한 그 순간—.

"저기! 글렌!"

갑자기 니나가 말을 걸었다.

"……왜?"

글렌이 고개를 돌리자 니나는 마치 뭔가를 결심한 듯한 표정을 짓고 있었다.

니나는 당혹스러워하는 글렌에게 다가오더니 두 어깨에 손을 얹었다.

"응…… 바로 지금까지 말을 해야 할지 계속 망설였는데…… 역시 오늘 너랑 내가 만난 건…… 나에게는 운명이었던 것 같아!"

"……응? 뭐어?!"

니나의 갑작스러운 고백에 글렌은 자기도 모르게 압도당했다.

물기에 젖은 눈동자가 똑바로 이쪽을 응시하자 가슴이 두근거렸다.

"이 만남을…… 난 없었던 일로 하고 싶지 않아……."

"아, 아니…… 그치만! 나, 나랑 니나는 나이 차이가……!"

"……아니, 이런 일에 나이는 관계없다고 생각해."

니나는 쑥스러운 듯이 뺨을 붉혔지만 그래도 방긋 웃고 있었다.

글렌의 얼굴도 단숨에 새빨개졌다.

이렇게 가까운 거리에서 보고 새삼스럽게 눈치챘지만…… 니나는 터무니없는 미소녀였다. 아름답게 차려입고 사교계에 진출한다면 수많은 남자가 그녀의 손이라도 잡아보려고 애를 쓰지 않을까?

"저기, 글렌…… 나, 너한테 부탁이 있어. ……들어줄래?"

"으, 응……."

"글렌…… 나한테……."

며칠 후—.

"다녀왔습니다!"

방과 후 여느 때처럼 알자노 마술학원에서 세리카의 저택으로 돌아온 글렌은 현관에 가방을 대충 집어 던지고 다시 등을 돌렸다.

"그리고 다녀오겠습니다!"

"야, 글렌. 무슨 일이야?"

그러자 세리카가 기가 막힌 목소리로 말을 걸어왔다.

"……요즘 집에 오자마자 자주 나가는데, 대체 어딜 가는 거지?"

"으…… 비, 비밀……."

"그래. ……뭐, 됐다. 늦기 전에 돌아와."

"알고 있어!"

세리카는 황급히 나가는 글렌을 다정한 얼굴로 배웅했다.

"……뭔지 모르겠지만…… 뭐, 기운을 차린 것 같으니 다행이군."

그리고 쿡 웃음을 터트렸다.

"좌절했던 소년이 마치 그런 일이 없었던 것처럼 정신이 팔릴 만한 건…… 오호라, 그렇군. ……이건 역시 그건가? ……여자로군?"

큭큭큭 하고 웃었다.

"그렇군……. 저 벽창호 글렌이 말이지? ……벌써 그런 나이가 된 건가. ……이거 참, 애들은 역시 성장이 빠르군……."

아하하 하고 크게 웃었다.

"이 어머니는 기쁘구나. ……그건 그렇고."

겉으로는 밝게 웃고 있었지만—.

"……내 특제 마술 소이제(燒夷劑)를 어디다 뒀더라?"(중얼)

—눈은 전혀 웃고 있지 않았다.

글렌은 요즘 들어서 자주 가는 장소…… 빈민가 입구 근처의 광장으로 갔다.

"안녕, 글렌."

그곳에는 분수대 난간에 앉아 글렌을 기다리는 니나가 있었다.

"……미안, 기다렸어?"

"아니, 전혀. 나도 방금 왔어."

쑥스러운 듯 시선을 피하는 글렌에게 니나는 기쁜 얼굴로 웃어주었다.

"그럼 바로 갈까."

"……으, 응."

두 사람은 그런 풋풋한 분위기로 발걸음을 옮기기 시작했다.

그리고 여느 때처럼—.

"……그러니까 니나. 그게 아니라고. ……아, 진짜 여기도 틀렸잖아."

"으음…… 어렵네."

니나는 고아원의 식당 테이블 위에 교과서와 노트를 펼치고 골치 아픈 얼굴로 신음을 흘리면서 글렌에게 공부를 배우고 있었다.

이것이 니나의 『부탁』.

그날 헤어질 때 마술학원의 학생인 글렌에게 읽고 쓰는 법이나 계산 같은 지극히 기초적인 공부를 가르쳐달라고 부탁했다.

사실 니나는 『마술』도 가르쳐달라고 졸랐지만 마술은 온갖 자연 공학을 섭렵한 후에 비로소 성립하는 학문이므로 제대로 된 교육을 받은 적이 없는 니나가 배우는 건 불가능했고, 애당초 규칙상 일반인에게 마술을 가르치는 건 금지되었기에 정중하게 거절했다.

"……하아…… 나 원 참, 그날 조금은 기대했던 내가 바보였지……."

"응? 무슨 말 했어? 글렌."

"……아무것도 아냐. 자, 그럼 다음 문제. 두 자릿수 곱셈."

"으에~ 음…… 8X3이 분명 21…… 25였으니……."

"24겠지."

"아, 맞아! 그, 그러니까 18X33은…… 여기선 너한테 배운 계산식을 써서……."

"말해두겠는데 두 자릿수까지의 곱셈은 일일이 계산할 것까지도 없어. 그 정도는 전부 암기하는 게 당연해. 우리 학교에 다니는 녀석들이라면 다 할 줄 알아."

"윽…… 너, 너희랑 비교하면 곤란하다구."

니나가 뾰로통한 얼굴을 하자 글렌은 쓴웃음을 지었다.

이러니저러니 해서 연하의 글렌이 연상인 니나에게 공부를 가르치는 기묘한 시간이 이어졌다.

이윽고 니나는 글렌이 정한 오늘의 과제를 한차례 마쳤다.

"오늘도 고마웠어, 글렌."

"……별말씀을."

노트와 교과서를 덮고 숨을 돌렸다.

"음…… 역시 두 자릿수까지의 곱셈은 네 말대로 전부 외우는 편이 편리하겠지……. 응. 좋아. 오늘부터 매일 외워야겠어."

"하아…… 한 자릿수 곱셈도 제대로 못 하면서 뭔 소리래."

"으, 윽…… 시끄럽네 진짜. ……오늘부터 확실히 다 외울 거라구! 두고 봐!"

글렌은 함께 있을 때 표정이 쉴 새 없이 바뀌는 니나의 얼굴을 보고 있는 게 즐거웠지만―.

"그런데…… 니나. 너…… 왜 그렇게까지 공부를 하고 싶어 하는 거야?"

눈앞에서 다시 노트를 펼치고 배운 걸 복습하는 니나에게 전부터 어렴풋이 느끼고 있던 의문을 던졌다.

사실 니나는 약간 부자연스러울 정도로 학습 의욕이 높았다.

"싫지 않아? ……나 같은 어린애한테 배우는 거."

"아하하…… 확실히 좀 창피하긴 해. ……꼬맹이들도 『니나 누난 공처가~』라고 놀리질 않나……."

"그건 또 뭔 소리야. ……되바라진 것도 정도가 있지."

"뭐, 그건 그렇고 내가 너한테 공부를 배우는 이유 말이지? 그건…… 『힘』을 원하니까, 가 아닐까?"

"『힘』……? 그러고 보니 너, 전에도 비슷한 소릴 했었지."

글렌은 의아한 눈으로 니나를 흘겨보았다.

"그건 대체 무슨 의미야?"

그러자 니나는 잠시 입을 다물더니 곧 조금씩 말을 꺼내기 시작했다.

"저기…… 글렌. 넌 이 고아원의 상황을 어떻게 생각해?"

"어떻게 생각하냐니……."

"……사실 이 고아원…… 망할지도 몰라."

"……?!"

글렌은 화들짝 놀라서 니나를 쳐다보았다.

하지만 고개를 숙인 탓에 머리카락이 눈가를 가리고 있어서 어떤 표정인지는 잘 보이지 않았다.

"역시 경영에 여유가 없거든. 정부의 지원금도 땅 대여료나 집세로 가져가 버리니…… 물론 지금 당장 어떻게 되는 건 아니겠지만……."

예상치 못한 무거운 이야기에 글렌은 어안이 벙벙할 수밖에 없었다.

"만약 이 고아원이 망하면…… 우린 세상에 내던져지고 말아. 아무런 『힘』도 없는 무력한 상태로 말야. 그렇게 되면 난…… 애들은……."

"니나……."

"그러니까 글렌…… 난 『힘』이 필요해. 군대 격투술이든, 공부든…… 뭐든 관계없어. 이 살기 퍽퍽한 세상에 저항할 수 있는 『힘』을 원해. 그 어떤 『힘』을 써서라도 난 반드시 아빠랑 모두를…… 가족을 지키고 싶어."

그렇게 말하면서 먼 곳을 바라보는 니나의 눈에는…… 올곧은 의지의 빛이 타오르고 있었다.

"그 어떤 『힘』을 써서라도…… 지켜……?"

"응. 가족을 지키는 것…… 그게 나에게는 가장 중요한 일이야. 그러기 위해서라면 난 뭐든지 할 거야. 아무리 꼴사나워도, 뒤에서 누가 손가락질해도 상관없어. 폭력으로 지킬 수 있다면 폭력을 행사하는 것도 개의치 않을 거야. 지식으로 지킬 수 있다면 너 같은 꼬맹이한테 고개를 숙여서라도 배울 거야."

"……."

글렌은 잠시 넋을 잃고 니나의 옆얼굴을 응시했다.

"……흥. 뭐, 힘내 보시든지."

그리고 뭔가를 얼버무리려는 듯 고개를 돌리고 의자에 등을 기댔다.

"뭐, 이런 기초적인 지식이…… 얼마나 도움이 될진 모르겠지만…… 이런 거라도 괜찮다면 가르쳐주지 못할 것도 없으니까."

"아하하, 응. 고마워, 글렌. 아, 하는 김에 마술도 가르쳐주면……."

"몇 번이나 말했지만 그것만은 안 돼. ……들키면 내 인생이 끝장난다고."

"우~ 구두쇠~. 음…… 그럼 이건 어때? ……귀여운 나랑 키스 한 번 할 때마다 주문을 하나씩 가르쳐주는 건?"

"다, 당연히 안 되지! 지금 장난해?!"

역시 농담이었는지 니나는 새빨개진 얼굴로 당황하는 글렌을 보고 즐겁게 웃었다.

"그런데…… 넌 가르치는 게 꽤 스파르타식이긴 한데…… 왠지 머리에 쏙쏙 잘 들어오는 것 같아."

"……어? 그, 그래?"

"응. 장래에 교사가 되는 건 어떨까?"

"흥, 웃기지 마! 내가 되고 싶은 건 『정의의 마법사』…… 아."

말이 헛나온 글렌은 씁쓸한 표정을 지었다.

"……응? 『정의의 마법사』? ……그게 뭐야?"

"아, 아, 아무것도 아니야……. 잊어버려……."

"뭐야~. 신 경 쓰 이 잖 아~. 이 니나 누나한테 말해보렴. 웃지 않을 테니까!"

"아무것도 아니라고 했지! 우왓! 그만해! 껴안지 마!"

"아하하하하하! 글렌 군, 새빨개져서 귀여워~!"

글렌은 더더욱 부루퉁한 얼굴이 되고 말았다.

깊은 밤, 세리카의 저택에 있는 글렌의 방.

글렌은 마술서와 논문이 빼곡하게 펼쳐져 있는 책상 앞에 앉아 있었다.

흐릿한 램프의 불빛을 조명으로 책과 논문을 참고하면서 묵묵히 어떤 작업을 진행했다.

"……모두를 지킬 수 있다면…… 그 어떤『힘』이라도 상관없다라……."

작업을 계속하던 글렌은 낮에 니나에게 들었던 말을 불현듯 떠올렸다.

변덕으로 이런 작업에 손을 댄 건…… 어쩌면 그 말을 들었기 때문이었을지도 몰랐다.

갑자기 피곤해진 글렌은 작업을 멈추고 기지개를 켰다.

"흐음…… 밤늦게까지 꽤 열심이군."

그러자 마침 불이 붙은 촛대를 든 세리카가 살며시 방 안으로 들어왔다. 아마 밤을 새우는 글렌이 걱정된 것이리라.

"……마술 공부?"

"응…… 아니. ……실은 잠깐 새로운 마술을 만들어보는 중이었어."

"……호오? 너, 벌써 그런 영역에 도달한 거냐. ……굉장하잖아."

세리카는 애제자의 성장에 기쁨과 놀라움이 섞인 표정으로 글렌에게 다가오더니 위에서 책상을 들여다보았다.

"……음…… 뭐지? 이건."

책상 위에는 뭔가 그림을 그리다 만 카드가 한 장 놓여 있었다.

"……아, 아무것도 아냐. ……함부로 보지 마."

주위에는 마술 시약과 안료, 인두, 붓, 페인팅 나이프 같은 그림 도구도 보였다.

아무래도 이 묘한 그림은 글렌이 직접 그린 듯했다.

"……뭐, 아무렴 어때. 어떤 마술이 완성될지 모르겠다만…… 힘내."

"기대할 것 없어. ……그냥 시간 때우기로 만든 거니까."

"그래? 그래도 마술이 완성되면 꼭 보여줘."

"싫어. ……어차피 이런 바보 같은 마술은 평생 안 쓸 거고 쓸 생각도 없으니까."

"……?"

세리카는 의아한 얼굴로 고개를 갸웃거리며 방을 나갔다.

시간 때우기라고 말하긴 했지만 글렌의 작업은 그대로 지쳐서 곯아떨어질 때까지 멈추지 않았다.

매일, 매일, 밤늦게까지 그 묘한 그림을 조금씩…… 조금씩 완성해나갔다.

—모두를 지킬 수 있다면 그 어떤 『힘』이라도 상관없어.

글렌의 마음을 울린 니나의 말을 다시금 되새기면서…….

…………

시간은 끊임없이 흘러갔다.

그날 이후로 글렌과 니나의 교류는 끊이지 않고 계속되었다.

학교에서는 낙제생 취급을 받느라 주눅이 들어서 있을 곳이 없는 글렌에게 외로운 방과 후를 니나와 함께 보내는 매일은…… 결코 나쁘지 않았다.

니나에게도 글렌은 약간 연하이긴 해도 자신이 나서서 돌봐줘야 하는 어린애가 아닌, 대등한 입장에서 접할 수 있는 귀중한 친구였다.

두 사람의 사이가 깊어지는 건 그리 오랜 시간이 걸리지 않았다.

글렌은 열두 살. 니나는 열다섯 살. 어른이 되면 딱히 신경 쓸 정도의 차이도 아니겠지만 아무래도 나이 차이를 크게 신경 쓰는 시기라 서로 연애감정으로까지 발전하지는 않았으나, 틀림없이 두 사람은 서로 속을 터놓은 친구였다.

하지만…… 그런 글렌의 새콤달콤한 청춘의 한 페이지는 어느 날, 어느 인물의 방문과 함께 돌연히 막을 내리고 말았다.

…………

'그런 그렇고 니나는 정말 배우는 게 빨라. ……덤으로 굉장한 노력가이기도 하고. 특히 수학은 벌써 내가 가르쳐줄

게 없을 정도야.'

글렌은 오늘 가르칠 내용을 고민하면서 여느 때처럼 고아원으로 향했다.

아무래도 니나는 수리 영역과 계산에 재능이 있는 듯했다. 이젠 두 자릿수의 곱셈도 완벽했고 암산 속도만 놓고 보면 글렌과 거의 호각이었다. 저번에는 숫자에 강해진 덕분에 고를 수 있는 아르바이트 종류도 비약적으로 늘어났다고 자랑스럽게 말한 적이 있었다.

애초에 그녀는 근본적으로 머리가 좋았다. 지금까지 제대로 된 교육을 받지 못했을 뿐…….

'아까워……. 유복한 가정에서 태어나서 제대로 학교에 다녔으면…….'

글렌은 쓴웃음을 지으면서 평소처럼 고아원의 문을 열었고—.

"어서 돌아가시오!"

느닷없이 건물 전체를 쩌렁쩌렁 울리는 고함에 놀라서 펄쩍 뛰었다.

조심스럽게 현관을 지나 안으로 살금살금 들어와서 응접실을 들여다보았다.

한가운데에 있는 테이블에는 마치 귀신 같은 표정을 한 알드와, 그 옆에 어색하게 앉아 있는 니나와, 그리고—.

"……허허, 말씀이 꽤 지나치시군요. 알드 씨. 전 지극히 당연한 요구를 한 것뿐입니다만?"

그런 두 사람의 맞은편에는 묘하게 풍채가 좋은 초로의 남성이 앉아있었다. 척 보기에는 인자한 노인 같았지만 왠지 수상하고 방심할 수 없는 분위기를 풍겼다.

"니나는 원래 제 친딸…… 우리 위너스 상회를 물려받아야 할 사람입니다. 그런 니나에게 진짜 집으로 돌아오라는 게 그렇게나 부자연스럽습니까?"

초로의 남성은 뻔뻔하게 웃으며 담담하게 말했다.

"정말 제멋대로군! 사생아라면서 어린 니나를 아무런 원조도 없이 일방적으로 집에서 쫓아내고 나에게 떠맡긴 게 대체 누구였는데!"

알드의 분노에 물든 얼굴은 마치 불을 뿜는 활화산 같았다.

이쪽을 향한 분노가 아닌데도 솔직히 몸서리가 쳐질 정도로 무서웠다.

"그런데 이제 와서 후계자가 병사했으니 돌아와라? 아드님이 돌아가신 건 진심으로 유감이오나 이건 횡포가 너무 심하지 않소! 달리오 님, 당신은 자식들을 대체 뭐라고 생각하는 거요!"

그러자 달리오라 불린 초로의 남성 옆에 서 있던 스무 살 남짓의 청년이 발끈했다.

"네놈…… 고작해야 영세 고아원의 원장 주제에 어디서 숙부님께 감히!"

이쪽 또한 방심할 수 없는 뱀 같은 인상의 청년이었다.

"가난뱅이 자식이. 하! ……네놈, 주제를 파악해. 위너스 상회가 마음만 먹으면 이딴 고아원을 망하게 하는 건 갓난아기의 손을 비틀기보다 쉬워."

"윽……?!"

아픈 부분을 지적당한 알드는 귀신조차 때려죽일 듯한 표정으로 입을 다물었다.

'위너스 상회라고……?'

글렌은 눈살을 찌푸렸다. 그 이름은 들어본 적이 있었다.

여러모로 어두운 소문이 끊이지 않는 악랄한 경영방식으로 유명한 유력 상회였다.

"이거 참…… 진정하지 못하겠느냐. 대니."

달리오는 알드를 협박하는 청년을 타이르며 이야기를 진행했다.

"으흠, 부하가 실례를 저질렀군요. ……그리고 알드 님, 먼저 대답해드리겠습니다. ……자식들을 뭐라고 생각하냐고요? 흠…… 제 대답은『도구』입니다."

"……뭐라고?! 당신은 대체 어디까지 썩은 거요!"

"하지만 제가 필요로 하는 건 언젠가 저에게 부를 가져다 줄『우수한 도구』……. 저로서도 단순히 제 피를 이었다는 이유만으로 니나에게 이런 제안을 가져온 건 아닙니다. 부하에게 조사를 시켰더니 제 딸 니나는 이런 열악한 환경에서도 배움에 힘을 쏟고 있다든가……. 특히 계산에 무척 능하다고 하지 않습니까."

"윽?! 그, 그건……!"

"그런 기본 바탕이 있다면 이야기가 더 빠르겠지요. 제가 직접 경영 지식을 가르치면 언젠가 제 상회를 물려받기에 마땅한 『도구』로 성장해, 우리에게 더 많은 부와 권력을 가져다줄 겁니다. 허허, 이래 봬도 당신에게는 감사하고 있습니다. 알드 님."

은근히 무례하다는 말이 이토록 어울리는 사람이 세상에 또 있을까.

"알드 님……. 그런 식으로 계속 아버지 노릇을 하고 싶거든 아이의 행복을 최우선으로 생각해야 하지 않겠습니까? 이런 가난한 고아원에서 썩는 것보다 이쪽 세계로 오는 게 몇백 배는 더 행복하지 않을까요? 뭐…… 당신은 이제 두 번 다시 니나를 만나지 못하겠지만 말입니다."

"뭐요?! 그게 대체 무슨……!"

"당연하지 않습니까. 제 딸 니나는 제 『도구』로서 상회를 물려받을 인간입니다. 그런 인간이 이런 하급 시민의 소굴과 관계가 있다는 소문이 돌면 상회의 체면이 말이 아니겠지요. 앞으로 니나는 이 고아원과의 관계를 완전히 끊게 할 생각입니다."

알드는 한동안 몸을 떨면서 분노를 억눌렀다.

하지만 곧 묘하게 침착한 목소리로 이렇게 말했다.

"……제가 판단할 일이 아니겠군요. ……니나의 인생입니다. 니나의 의견을 존중하지요."

"지당하신 말씀입니다."

그러자 달리오는 조금 전부터 고개를 숙인 채 입을 다물고 있는 니나에게 시선을 돌렸다.

"자, 그럼 니나…… 내 딸아. ……넌 어떻게 하고 싶지?"

"……."

"나를 따라오면 이런 비참한 생활을 벗어날 수 있단다. 맛있는 걸 먹고, 마시고, 원하는 건 뭐든지 손에 넣을 수 있겠지. 그런 허름한 옷은 더 이상 입지 않아도 돼. ……영리한 너라면 어떤 선택을 해야 할지…… 잘 알겠지?"

글렌은 저 남자가 진심으로 멍청하다고 생각했다.

저 속 뒤집히는 늙은 해충은 니나에 관해 조사했다면서, 니나가 얼마나 알드를, 아이들을, 이 고아원을 사랑하는지 눈곱만큼도 모르는 모양이었다.

그런 썩어빠진 미끼로 니나가 낚일 줄 알고?

글렌이 속으로 그렇게 비웃은 순간—.

갑자기 고개를 든 니나가 달리오를 향해 방긋 웃어 보였다.

"예! 전 **아버지**를 따라갈게요. 부족한 몸이지만 앞으로 잘 부탁드려요!"

믿을 수 없지만 기쁜 얼굴로 그렇게 말하는 게 아닌가.

"아……."

글렌은 갑자기 뒤통수를 세게 얻어맞은 듯한 충격에 입을 다물 수 없었다.

"……그게 네 선택이니? 니나……."

알드는 슬퍼하지도, 화를 내지도 않고 뭔가를 깨달은 얼굴로 그렇게 중얼거렸다.

"예. 전 위너스 상회를 물려받겠어요. 지금까지 신세 졌습니다, **알드 씨**."

"……그렇습니까. 아무쪼록 몸 건강하시길, **니나 양**……."

니나와 알드가 마치 서로를 타인처럼 부른 순간.

터엉!

"웃기지 마아아아아아아아아아아아아아아아아아!"

머릿속에서 뭔가가 끊어진 글렌은 문을 난폭하게 열어젖히며 고함을 질렀다.

"글렌?!"

"이리 와! 니나!"

일제히 쏟아지는 시선을 무시한 글렌은 니나의 손을 억지로 잡아끌고 고아원에서 뛰쳐나왔다.

"실망했어! 니나!"

사람이 없는 골목길까지 온 글렌은 니나를 벽에 떠밀며 소리를 질렀다.

“너, 왜 저딴 녀석을 따라가겠다는 거야! 고아원의 모두가 무엇보다 소중하다고 했던 건 거짓말이었어?! 모두를 지키고 싶다는 건 거짓말이었던 거냐고!”

고개를 숙이고 앞머리를 늘어트린 탓에 니나의 표정은 잘 보이지 않았다.

“너 혼자 유복한 생활을 누린다면 그걸로 괜찮은 거야?! 대답해! 니나!”

좁은 골목길에 글렌의 고함이 울려 퍼진 후…… 곧 두 사람 사이에 무거운 침묵이 찾아왔다.

그리고—.

“……괜찮을 리가…… 없잖아…….”

“……?!”

글렌은 그제야 눈치챘다.

니나의 멱살을 잡은 손 위로 뚝뚝 떨어지는 물방울을…….

“니, 니나…… 너?”

고개를 들고 글렌을 똑바로 바라보는 니나는…… 새빨갛게 부은 눈으로 눈물을 흘리고 있었다.

“……나도…… 싫어……. 사람을 도구로밖에 보지 않는 저딴 최악의 인간을 아버지라고 부르고 싶지 않아! 고아원의 모두와 헤어지고 싶지 않아! 이제 가족이랑 두 번 다시 만나지 못한다니…… 그런 건 싫단 말야!”

니나는 흘러넘치는 눈물을 몇 번이나 손등으로 훔치면서 애써 말을 자아냈다.

"……하지만 난 무슨 짓을 하더라도 모두를 지키겠다고…… 그렇게 결심했어."

"설마…… 너?!"

글렌은 눈물로 젖은 니나의 눈동자 안쪽에서 타오르는 결의의 빛을 보고— 깨닫고 말았다.

"저기, 글렌. ……가르쳐줄래? 지금은 다들 나름 행복할지도 몰라……. 하지만…… 1년 후에는? 3년 후에는? ……10년 후에는? 우리는 어떻게 될까?"

"그건……!"

"글렌…… 그거 알아? 최근에 또 새로운 아이가 우리 고아원에 들어온 거. ……분명 앞으로도 의지할 곳 없는 애들이 계속 늘어날 거야."

"……그건……."

"안 돼, 글렌. 이대로는 안 된다구. 난 너처럼 머리가 좋진 않지만…… 어떻게 해야 이 앞이 보이지 않는 상황을 바꿀 수 있을지 필사적으로 생각해봤어. ……하지만 아무것도 떠오르지 않는 거 있지? ……이대로면 언젠가 다들 불행해질 거야. 웃을 수 없게 될 거야. ……그걸 알면서도 아무것도…… 아무것도 할 수 없었어!"

"……."

"격투기 연습을 하거나…… 너한테 공부를 배우거나 하면서 이 상황에 저항하는 허세를 부리지 않으면 견딜 수가 없었어! 나는…… 나는…… 이 앞이 보이지 않는 상황을 누군가가 제발 바꿔 달라고 기도하는 수밖에 없었다구!"

"……."

"하지만…… 기회가 온 거야. ……난 아무래도 위너스 가문의 피를 이었다나 봐. ……갑작스러워서 무척 놀랐지만…… 이 기회를 이용하지 않을 순 없어."

"……."

"그 집에 가면…… 분명 돈이 생길 거야. 잘하면 고아원에 몰래 보내줄 수 있을지도 몰라. 그리고 무엇보다 그 집에서 출세해서…… 정말로 위너스 상회의 톱이 된다면……『힘』을 손에 넣을 수 있어! 내가 고아원을 구할 수 있어! 내가 이 앞이 보이지 않는 절망적인 상황을 바꿀 수 있을 거야!"

"……."

"그치만…… 이젠 이것밖에…… 이것밖에 방법이 없는 걸……. 이런 무력한 내가 모두를 지키려면…… 모든 걸 버리고…… 이렇게 하는 수밖에…… 없잖아……. 훌쩍…… 히끅…… 흑…… 흐흑…… 으아아아앙! 으아아아아아아아앙!"

니나는 지금까지 참고 있던 뭔가를 쏟아내는 것처럼 글렌의 머리를 거칠게 끌어안고 어린애처럼 엉엉 울었다.

"글렌……! 글렌……! 난…… 아빠랑 헤어지고 싶지 않아!

모두와 헤어지고 싶지 않아! 너랑 만날 수 없게 된다니, 그런 건 싫어!"

"……바보구나, 너……. 진짜…… 왕바보야……."

글렌도 따라서 눈물을 글썽거렸다.

"알드 씨는 이해해주시겠지만…… 그 애들이 네 결의와 각오가 얼마나 숭고한지 알아주기나 할 것 같아? 다들 분명 널 『가족을 버리고 부잣집으로 간 배신자』라고 할걸?"

"……응. ……응. ……그럴지도……."

"유력 상회의 톱이 되겠다고? ……분명 네가 생각하는 것보다 쉬운 일이 아닐 거야. ……앞으로 널 기다리는 건 분명 지옥 같은 나날이겠지. ……그렇게 되기 전에 엉망으로 무너져 버릴지도 몰라."

"……응. ……응. ……나도…… 무서워……."

"그래도 가겠다는 거지? 넌 그래도 싸우겠다는 거지? 저항하겠다는 거지? 모두를 지키겠다는…… 그 하나의 목표만을 위해…… 모든 것을 버리고 손가락질을 당해도 개의치 않고……."

"……응."

끄덕.

눈물로 엉망이 된 얼굴로 니나는 명확한 결의와 의지를 드러내며 고개를 끄덕였다.

그 순간—.

"아하하하하하하하하하! 진짜 눈물 나는 이야기로군요!"

골목길에 불쾌한 웃음소리가 울려 퍼졌다.

시선을 돌리자 입구 근처에 한 청년이 서 있었다.

"……다, 당신은…… 대니 씨?"

니나는 황급히 글렌에게서 떨어졌다.

그 인물의 정체는 달리오와 동행한 부하인 대니였다.

"……그래. 사실 난 혈연 상으로는 일단 네 사촌 오빠거든? 그 남자의 피를 직접 이은 넌 적통이고…… 난 분가 출신인 셈이겠지만 말이지."

대니는 서늘한 미소를 지으며 천천히 다가왔다.

마치 뱀이 사냥감을 막다른 곳에 몰아넣는 것처럼.

—위험하다.

본능적으로 그렇게 직감한 글렌은 온몸을 딱딱하게 굳히며 긴장했다.

"저, 저기…… 대니 씨? 왜 이런 곳에……. 저기…… 저한테 무슨 용건이라도 있으세요?"

눈물을 닦은 니나는 평소의 다부진 태도로 대니를 돌아보았다.

"……용건? 그야 용건이 있기는 있지……."

그러자 대니는 갑자기 악마 같은 미소를 지으며 니나를 향해 왼손 검지를 겨누었다.

"큭?! 《어린 뇌정이여·》—!"

반사적으로 상황을 파악한 글렌은 주문을 영창하면서 니나에게 달려들었다.

"《뇌제의 섬창(閃槍)이여》!"

대니가 한 소절 영창으로 주문을 영창한 건 거의 동시였다.

흑마 【라이트닝 피어스】.

다음 순간, 대니의 손가락에서 어둠을 가르는 극광의 전류가 방출되었다.

"히익?!"

글렌이 몸을 날린 덕분에 그 치사성의 전격은 아슬아슬하게 니나의 머리를 스쳐 지나갔고—.

"《그대 그 자전의 충격으로·》—."

니나와 동시에 넘어진 글렌은 재빨리 바닥을 구르면서 몸을 일으켜 주문을 완성했다.

"《저 적을 쓰러트려라》!"

흑마 【쇼크 볼트】.

뒤늦게 글렌의 손끝에서 발생한 미약한 전격이 대니를 향해 날아갔다.

그러나—.

"음~ 성가시군……. 《흩어져라》."

대니가 가볍게 손을 들고 흑마 【트라이 배니시】를 영창하자, 글렌이 날린 주문은 그의 몸에 닿기 전에 큰 소리를 내며 흩어졌다.

"으……."

대니를 손가락으로 겨눈 채 굳은 글렌은 비지땀을 철철 흘렸다.

지금 그 응수로 깨달았다.

대니가 탁월한 마술사라는 것. 그리고 자신과 대니의 실력에는 절대적인 격차가 있다는 것을…….

"……어? 이, 이게 무슨……. 대, 대니 씨…… 어째서?"

바닥에 주저앉은 니나는 새파랗게 질린 얼굴로 떨면서 질문했다.

"아니, 뭐…… 정말 흔해 빠진 이야기라 미안합니다만 니나 양……."

대니는 한없이 서늘한 미소를 지으며 사형 선고를 내렸다.

"……요컨대, 당신이 방해되거든요. ……예."

"예?!"

"모처럼 제가 장래에 워너스 상회를 손에 넣으려고 고생해서 달리오 숙부의 적자를 병으로 죽은 것처럼 독살했는데…… 설마 그 달리오 숙부에게 당신 같은 사생아가 있었다니……. 당신 때문에 제 고생이 물거품이 됐잖아요? ……예."

"너, 이 자식…… 그래서 니나도 죽이겠다는 거냐!"

글렌이 불 같은 눈으로 노려봤지만 대니는 코웃음을 치며 무시했다.

"때마침 여긴 빈민가의 뒷골목…… 사람 한 명쯤 죽은 정도로는 사건 취급도 하지 않는…… 이런 좋은 기회를 놓칠 수는 없잖아요? 안 됐지만 당신들은 여기서 사라져줘야겠습니다."

그리고 냉혹한 살기를 드러내며 두 사람에게 다시 손가락을 겨누었다.

"으…… 아아……."

아마 여기까지 명확하고 날카로운 살의를 받은 건…… 죽음을 실감하는 건…… 태어나서 처음이 아니었을까. 니나는 글렌 옆에서 겁에 질려 떨고 있었다.

글렌은 뒤를 힐끔 훑겨보았다.

비좁은 외길.

흑마 【라이트닝 피어스】 같은, 직선상의 표적을 고속으로 관통하는 마술을 쓰기에는 최적의 상황이었다.

당연히 마술사로서 글렌의 실력은 대니의 발끝에도 미치지 못했다.

도망치는 건 불가능. 둘 다 여기서 죽는다. 살해당한다.

……보통은 그렇게 됐겠지만—.

"그, 글렌!"

그 순간, 지금까지 공포에 질려 떨고 있던 니나가 뭔가를 결심한 듯 양팔을 펼치고 글렌의 앞을 가로막았다.

"달아나! 어서!"

"……."

"아하하하하하하하하하하! 정말 훌륭한 아이로군요, 당신은! 여기서 죽이는 게 진심으로 아까울 정도로!"

"부탁이에요! 대니 씨! 전 굽든 삶든 마음대로 해도 좋아요! 하지만…… 글렌은…… 글렌만큼은……! 제발…… 눈감아주세요!"

"바~보! 눈감아줄 리가 있겠냐! 널 처리한 후에 그 애송이도 처리하는 게 당연하잖아!"

"크…… 이 악당! 글렌, 어서 도망쳐! 부탁이야! 어서……! 내가 살해당하기 전에! 너만이라도……!"

니나는 울면서 필사적으로 호소했다.

"하하하하하하하하하하하! 정말 아름다운 희극이로군!"

대니는 그 모습이 참으로 우습다는 것처럼 폭소했다.

그리고 글렌은—.

"괜찮아……. 니나."

어째선지 묘하게 차분한 태도로 한 걸음 앞으로 나섰다.

"아, 안 돼! 글렌! 앞으로 나오면……."

"저기, 니나…… 내 이야기를 들어줄래?"

글렌은 이런 절박한 상황 속에서도 쑥스러운 듯한 목소리로 말했다.

"니나……. 난『정의의 마법사』가 되고 싶었어……."

"……응?"

"뭐……?"

맥락 없이 튀어나온 글렌의 말에 니나와 대니는 어안이 벙벙한 표정을 지었다.

“화려한 마술로 모든 이를 구하고 웃음을 되찾아주는…… 그런 강하고 멋진『정의의 마법사』가…… 되고 싶었어.”

“쫑알쫑알 시끄럽기는……. 넌 그만 죽어.”

대니는 이상하게 여유가 있는 글렌에게 짜증스러운 얼굴로 손가락을 겨누고 주문을 외웠다.

“《뇌제의 섬창이여》.”

그러자 손끝에 강렬한 전격이 번뜩였다.

“아, 안 돼애애애애애애애애애애애애애!”

니나는 절망에 잠긴 비명을 질렀다.

…….

“뭐……뭐지?”

하지만 대니의 손끝에 파직파직 소리를 내며 뭉쳐 있는 전격은…… 아무리 시간이 지나도 글렌을 향해 날아가지 않았다.

“이, 이게 어떻게 된 거지?!”

손가락을 붕붕 휘둘러도 역시 변화가 없었다.

이윽고 서서히 커진 전격이 일정한 크기에 도달하자—.

“큭?!”

갑자기 대니의 손끝에서 발사되었다.

공간을 가르는 한 줄기 뇌격.

하지만 당연히 글렌은 이미 니나의 손을 잡고 그 자리를 벗어난 후였다.

"이게 뭐야……. 마술의 발동이…… **늦어?! 엄청나게 늦잖아!** 어째서?!"

대니는 쩔쩔매며 당황했다.

"……하지만 난 마술에는 전혀 재능이 없었어. 아무리 노력해봤자 내가 꿈에 그리던 『정의의 마법사』가 될 수 없다는 걸 깨닫고 말았어……."

"글렌……? 이게 대체 무슨……."

"큭! ……제기랄! 《뇌제의 섬창이여》! 《뇌제의 섬창이여》!"

다시 대니가 황급히 주문을 연달아 외쳤다.

하지만 결과는 마찬가지였다.

대니의 주문(스펠링) 영창 자체는 빠른 한 소절이었지만 그 주문의 영창이 끝나고 발동에 이르기까지가 어마어마하게 느렸다.

그 덕분에 발동 타이밍이 훤히 보였다.

그렇다면 피하는 건 너무나도 간단.

글렌은 다시 니나의 손을 잡고 두 줄기의 전격을 아무런 위험도 없이 피했다.

"하지만…… 니나. 모두를 위해 『힘』을 얻으려고…… 모두를 지키기 위해 물불을 가리지 않는 널 보고 깨달았어……. 『정의의 마법사』라는 건…… 딱히 강하고 멋진 마술을 쓰니까 『정의의 마법사』가 아니라는 걸. ……모두를 지키기 위해 싸우고 웃음을 되찾아주는 자야말로…… 『정의의 마법사』였다는걸."

"글렌……."

"하하하…… 그랬던 거야. 세리카가 말한 대로였어……. 겉모습 따윈 아무래도 상관없었던 거야. 그 『힘』으로 무엇을 이뤄내는지가 가장 중요했던 거였어……."

"이봐, 너……! 그, 그게 대체 뭐지?"

대니는 어느새 글렌이 왼손에 한 장의 카드를 들고 있다는 것을 눈치챘다.

"너한테는 특별히 내 퍼스널리티를 가르쳐줄게. 내 퍼스널리티는…… 【변화의 정체·정지】야."

"뭐?! 【변화의 정체·정지】?! 무척 희귀하게 발현하는 더럽게 쓸모없는 특성이잖아! 그게 대체 어떻게……."

대니는 거기까지 말하다가 퍼뜩 놀라 눈을 부릅떴다.

"너, 넌…… 설마……?"

"이 특성 때문에 난 마술사로서는 결코 대성하지 못해. 제대로 된 마술사로서 『정의의 마법사』라는 꿈을 이루는 건 불가능해.

"하지만…… 정말로 소중한 것을 지키기 위해 물불 가리지 않는 니나를 보면서 늘 고민했어. ……내가 『정의의 마법사』로서 할 수 있는 일을…… 이런 나라도 『정의의 마법사』가 될 방법을……!"

글렌이 든 카드에는 어떤 그림이 그려져 있었다.

조잡한 그림 솜씨로 그린 『광대』의 표식.

그것은 타로 넘버 0 『광대』의 아르카나.

"내가 도달한 답은…… 마술의 봉쇄. 【변화의 정체·정지】라는 퍼스널리티를 이용해서 자신을 중심으로 일정 영역의 마술 발동을 방해하는 것! 상대와 마술사로서의 역량차가 아무리 크더라도…… 관계없이 같은 무대에 서게 하는 그런 마술."

"뭐라고?!"

"그래……. 그 이름은―."

―어때? 글렌. 굉장하지?

―이것이 나의, 나만의 비의(秘儀)…… 오리지널 **【나의 세계】**야.

문득 머릿속에 언젠가 누군가에게 들었던 말이 스쳐 지나갔고―.

글렌은 입을 열었다.

"오리지널 **【광대의 세계】**! 나의, 나만의 비의! 무력한 내가 『정의의 마법사』가 되기 위해 만들어낸…… 나만의 비의야! 지금은 발동 속도를 늦추는 것뿐이지만…… 언젠가는 모든 마술의 발동을 완전히 봉쇄하는 마술로 완성시키고 말겠어!"

"과……【광대의 세계】…… 오리지널이라고?!"

경악에 빠진 대니가 얼굴을 일그러트렸다.

“뭐야 그게……! 대체 뭐냐고! 그 웃기지도 않는 발상은! 너, 제정신이냐?! 마술사로서 부끄럽지도 않아?! 자신이 마술사라는 사실을 완전히 부정하는 그런 주객전도의 마술을…… 대체 왜!”

“물론 나도 이런 『힘』은 쓰고 싶지 않았어. ……이건 내가 여태껏 목표로 삼았던 마술사로서의 존재 방식을 정면으로 부정하는 마술이니까. 이걸 한 번이라도 쓴 시점에서 난 이미 내가 꿈꿔왔던 『정의의 마법사』는 절대로 될 수 없겠지……. 하지만 그래도 상관없어!”

글렌은 뭔가를 떨쳐낸 얼굴로 대니를 노려보았다.

“이젠 체면 따윈 상관없어! 난 내 방식으로 『정의의 마법사』가 될 거야! 모두를…… 소중한 사람을 지키고…… 모든 이에게 웃음을 되찾아주겠어! 그게…… 스스로 결론을 낸 『정의의 마법사』로서의 존재 방식이니까!”

글렌은 주먹을 겨누며 대니를 향해 돌진했다.

“크……! 《울부짖어라 불꽃의 사자여》!”

발동이 너무 느려서 발사 타이밍이 훤히 보인다면…… 대니는 표적을 겨냥할 필요가 없는 무차별 범위 공격 마술인 흑마 【블레이즈 버스트】를 영창했다.

하지만 손끝에서 발생한 불꽃 덩어리는 천천히 소용돌이를 그릴 뿐…… 역시 주문이 끝나는 동시에 발동하지는 않았다.

터무니없이…… 너무나도…… 느렸다.

원래는 발사된 화염구가 벌써 글렌을 잿더미로 만들어야 했겠지만 이번만큼은 제시간에 맞추지 못했다.

"헉! 이, 애송이가아아아아아아아아아아아아아!"

대니는 마술을 포기하고 글렌을 향해 주먹을 들었다.

권투 자세다. 대니도 상류층의 소양으로 꽤 훈련을 받은 듯했다.

"마술을 봉쇄한 정도로 건방지게……!"

품속으로 들어온 글렌을 향해 인정사정없는 라이트 스트레이트를 날렸다.

"커어어어어억?!"

하지만 글렌은 아무런 망설임도, 두려움도 없이 세리카에게 전수받은 레프트 크로스 카운터를 깔끔하게 성공시켰다.

글렌의 왼 주먹이 대니의 팔꿈치를 스치며 글자 그대로 얼굴에 틀어박혔다.

"후우!"

그리고 그대로 한 걸음 더 파고들어서 대니의 옆구리에 라이트 보디블로를 묵직하게 쑤셔 박았다.

"컥?!"

갈비뼈가 우둑거리며 휘는 충격에 몸이 기역 자로 꺾이자, 글렌은 경쾌한 스텝을 밟으면서 채찍처럼 날카로운 레프트

잽을 대니의 얼굴에 두 방 먹인 후 정확하게 거리를 벌렸다.

"하아아아아아아아아아아아앗!"

그리고 물 흐르는 듯한 라이트 스트레이트.

얼굴로 향하는 한없이 완벽에 가까운 회심의 일격(크리티컬 히트).

대니의 몸은 충격을 이기지 못하고 팽이처럼 회전하며 날아갔다.

"……으규……."

그리고 완전히 의식을 잃은 대니는 피를 토하는 동시에 길바닥에 널브러졌다.

"하아…… 하아…… 하아…… 이겼어……."

하지만 글렌은 승리의 여운을 느끼지 못했다.

서로의 마술을 봉쇄한 후의 근접 격투전. 마술사로서는 터무니없이 꼴사나운 모습.

분명 온 세상의 마술사가 이런 글렌을 손가락질하며 비웃으리라.

글렌 자신도 줄곧 동경해왔던 『정의의 마법사』의 모습이…… 한없이 멀리 떠나가는 것 같은 맹렬한 상실감을 느꼈다.

'이걸로 됐어……. 응……. 이걸로…… 충분해.'

하지만 그런 글렌의 안타까운 속마음을 긍정하는 것처럼—.

"고마워……! 정말 고마워! 글렌……!"

니나가 울면서 글렌의 등을 끌어안았다.

"난 잘 모르겠지만…… 정말 멋있었어. 응…… 넌…… 나에게는…… 훌륭한 『정의의 마법사』였어……!"

니나가 눈부신 미소로 그렇게 말해주는 것만으로도 전부 만족스러웠다.

한편, 빈민가에서 멀리 떨어진 세리카의 저택 옥상에서는—.

"……후훗. ……뭐랄까, 사내아이답네……."

여느 때처럼 원견 마술로 글렌을 엿보고 있던 세리카가 낡은 **회중시계**를 손으로 만지작거리며 웃고 있었다.

그리고 울면서 서로를 부둥켜안은 소년과 소녀의 모습을 다정한 눈길로 계속 지켜보았다.

……이 이야기의 결말을 밝히자면, 그날 이후로 글렌과 니나는 두 번 다시 만나지 못했다.

살인 용의와 살인 미수로 체포된 대니는 위너스 가에서 실각.

니나는 글렌과 제대로 이별의 말도 나눌 틈도 없이 페지테를 벗어나 먼 곳으로 끌려가고 말았다.

그 후 니나가 어떻게 됐는지…… 글렌은 알 수 없었다. 알 방도가 없었다.

위너스 가에 들어간 그녀는 나름대로 뭔가를 이뤄냈을까?

아니면 상회의 어두운 부분과 권력 투쟁의 어둠에 삼켜져서 남모르게 사라지고 만 것일까.

그리고 또한…… 이때의 글렌은 알 리가 없었다.

이날의 추억을 가슴에 품고 『정의의 마법사』를 목표로 삼은 자신이 어떤 운명에 도달하게 되는지를…….

자신이 앞으로 걷게 될 고난과 갈등의 나날. 마술의 현실. 그리고 좌절. 첫눈처럼 새하얀 마음을 무참히 짓밟히고, 피로 새빨갛게 물들이고, 사랑하는(세라) 사람의 묘비까지 세우면서…… 언젠가 이날 이 순간의 결심을 잊게 된다는 것을…… 글렌은 아직 모르고 있었다.

다만 글렌과 니나…… 그날 두 사람이 나눈 마지막 말과 미소만큼은…… 아무것도 모르는 어린애처럼 순수했기에 얻을 수 있었던 그 날의 눈부신 빛만큼은…….

설령 아무리 시간이 지나 망각의 늪에 잠겨 있더라도…….

언제까지나 빛을 잃지 않고 이렇게 글렌의 마음속에 남아 있었다.

————.

"……."

빛바랜 아르카나를 바라보면서 과거를 추상(追想)했던 글렌의 의식이…… 현재로 귀환했다.

활짝 열린 창밖을 보자 어느새 해가 저물고 있었다.

"……벌써 이런 시간이 됐나. ……배고파."

낡은 아르카나를 품속에 넣고 방에서 나온 글렌은 계단을 내려왔다.

"……왔냐. 글렌."

거실에서 글렌은 맞이한 건 세리카였다.

평소처럼 테이블 위에 티세트를 차려놓고 식전 홍차를 즐기는 중이었다.

"청소는 다 했어?"

"응. 진짜 완벽하게!"

숨 쉬는 것처럼 거짓말을 지껄인 글렌은 세리카의 맞은편에 앉았다.

"저녁 식사는 좀 기다려. 준비는 다 해놨으니까."

"……그러십까."

세리카는 찻잔을 기울이면서 신문을 읽고 있었다.

다 읽을 때까지 기다리라는 뜻이리라.

세리카가 신문을 읽는 동안 글렌은 품속에서 낡은 아르카나를 꺼내어 다시 멍한 눈으로 바라보았다.

'니나. 그 후로 나한테도 많은 일이 있었어. 마술식의 이해와 스펠링 기술을 철저하게 단련해서…… 뭐, 그래도 삼류지만 일단 마술사라고 자부할 만한 수준은 됐어.'

마치 그날의 그리운 소녀에게 말을 거는 것처럼 속으로 혼잣말을 했다.

'하지만 미안……. 『정의의 마법사』가 된다는 꿈은 이루지 못했어. ……내가 앞으로 어떻게 될지는 아직 모르겠지만…… 그래도 그 꿈 덕분에 지금 이렇게 교사로 있을 수 있게 됐고…… 무엇보다 그날 네 미소를 지킨 것만큼은…… 나쁘지 않았다고 생각해도 될까?'

너무나도 자신답지 않은 감상에 절로 쓴웃음이 나왔다.

'아, 맞아……. 그 고아원은 아직도 그럭저럭 버티고 있어, 니나. ……알드 아저씨 말로는 경영이 슬슬 위험해지겠다 싶을 때마다 늘 누군가가 익명으로 거액의 지원금을 기부한다더라고. 난 그 기부자가 너라고 믿고 싶지만…… 그게 너라는 증거는 어디에도 없더라.'

글렌은 한숨을 내쉬며 테이블 위의 촛대로 시선을 돌렸다.

'저기, 니나…… 넌 지금 어디서 뭘 하고 있지?'

그리고 촛불에 비치는 아르카나를 하염없이 바라보았다.

"오~ 오~ 드디어 시대가 움직이는 건가."

갑자기 신문을 읽던 세리카가 감탄한 목소리로 중얼거렸다.

"……뭐야? 무슨 재미있는 뉴스라도 있었어?"

"재미있는 뉴스라기보다…… 흥미 깊은 뉴스가 있군."

세리카는 신문을 내려놓고 글렌의 얼굴을 바라보았다.

"뭐…… 그 악명 높은 위너스 상회의 회장인 달리오 위너스와 그의 추종자인 구 경영진이 마침내 실각했다는군. 이 기사에 따르면…… 새 젊은 회장이 그 녀석들을 상회에서 추방하고 새로운 경영진과 함께 완전히 실권을 잡았다나 봐."

"……?!"

글렌은 눈을 부릅떴다. 심장이 크게 뛰었다.

"악랄한 경영방식으로 사람들을 착취하고 돈을 쓸어 담았던 전 회장과 달리 이 젊은 회장은 꽤 인격자인 모양이야. 탁월한 수완으로 상회의 어두운 부분을 차례차례 쓸어버리고 깨끗한 체질로 개선했다고…… 젊은데 참 훌륭하기도 하지."

심장이 아플 정도로 두방망이질 쳤다.

세리카는 그런 글렌의 속도 모르고 다시 신문을 탐닉했다.

"오~ 설마 그 악명 높은 위너스 상회가 자선사업에도 손을 댔을 줄이야……. 제국 각지의 경영난을 겪는 고아원에 원조와 교육지원을 해서 장래에는 그 고아원의 아이들을 즉시 현장에 투입할 수 있는 노동력으로써 고용하겠다고……. 이것도 이 새로운 회장의 업적이라는데?"

"자, 잠깐 멈춰! 세리카!"

"……음?"

세리카는 이상할 정도로 필사적인 얼굴을 한 글렌을 보고 눈을 깜빡거렸다.

"그, 그 새로운 회장의 이름…… 이름은 뭐야? 대체 누구냐고!"

"……웬일이야? 네가 재계 뉴스에 관심을 보이다니……."

"됐으니까, 얼른 가르쳐줘! 위너스 상회의 새로운 회장은 누구야!"

"나 참, 시끄럽게 굴기는…… 잠깐 기다려봐……. 으음 그러니까……."

세리카는 다시 신문으로 시선을 내리고 내용을 훑어보았다.

"……아, 여기 있군. 이 녀석이야, 이 녀석."

그리고 글렌을 올려다보면서 입을 열었다.

"니나. ……니나 위너스. 약관 스물두 살에 두각을 드러낸 젊은 사장. 엄청 젊은 데다 굉장한 미인이라 지금 재계가 떠들썩하다는데?"

"……그, 그래……."

글렌은 안도의 한숨을 내쉬며 힘없이 의자에 등을 기댔다.

"……오, 이 회장. 취임 기념 회견 때 이런 말을 남겼다는군. 「오늘의 승리를 그날의 작은 정의의 마법사 군에게 바칩니다」. 하하하! 뭐야 이건? 무슨 소린지 모르겠네."

"……하, 하하하…… 그 바보 녀석……."

그렇게 혼잣말을 중얼거리는 글렌은…… 평소의 빈정거리는 표정에서는 상상도 할 수 없을 정도로 온화한 미소를 짓고 있었다.

"……왜 그래? 글렌. 뭐 이상한 거라도 먹었어?"

"아니, 아무것도 아냐. ……나도 좀 더 열심히 살아야겠다는 생각이 들어서."

"아, 이건 틀렸군. 내일은 폭설이 내리려나. ……참 나."

말은 그렇게 하면서도 뭔가를 눈치챈 세리카는, 그대로 조용히 신문을 접어서 테이블 위에 두고 식사를 차리러 주방으로 이동했다.

거실에는 글렌 혼자만 남겨졌다.

'나 원 참, 나답지 않게…….'

오늘 밤만큼은 그리운 소녀의 추억을 술안주로 한잔해야겠다고 생각한 글렌은 뒤통수에 깍지를 끼고 의자에 한층 더 깊이 등을 기댔다.

…………….

—고마워……! 정말 고마워! 글렌……!

—난 잘 모르겠지만…… 정말 멋있었어. 응…… 넌…… 나에게는…… 훌륭한 『정의의 마법사』였어……!

■ 작가 후기

안녕하세요, 히츠지 타로입니다.

이번에는 단편집 『변변찮은 마술강사와 추상일지(메모리 레코드)』 2권이 발매되었습니다.

편집자님 및 출판 관계자 여러분, 그리고 본편 『변변찮은』을 지지해주신 독자 여러분 덕분입니다! 정말 감사합니다!

자, 그럼 이 단편집은 1권과 마찬가지로 드래곤 매거진에 연재했던 단편 몇 편과 단행본 한정 단편을 합쳐서 낸 책입니다.

여러분 덕분에 드래곤 매거진의 단편 연재도 순조롭게 이어지고 있습니다. 연재 당시에는 단편이라는 형식에 익숙하지 않아 곤란할 때도 있었지만 지금은 완전히 익숙해졌습니다.

현재 드래곤 매거진의 단편 연재는 본편 『변변찮은』에서 쓰지 못한 소재나 완벽히 묘사하지 못한 설정 등을 보충하는 형태로 진행 중입니다. 이 단편집으로 독자 여러분이 생각하시는 『변변찮은』의 세계관이 더 넓어졌으면 좋겠습니다.

그럼 이런 단편집에서는 정석인 각 단편의 내용을 해설하는 시간을 가져볼까 합니다. 저번 권에서는 말만 해설이고 조~~~금도 해설답지 않았으니 이번에는 좀 더 제대로 써봐야겠네요.

○종이 한 장 차이의 천재 교수

제 취미가 완전히 작렬한 단편이었습니다.

편집부에서 마음대로 쓰라는 말을 듣고 진짜 마음대로 쓴 결과가 이겁니다.

왜 이 모양이 된 거냐. 누가 이렇게까지 하라고 했냐. 적당히 좀 해…….

당시의 편집자님이 머리를 움켜잡고 그렇게 한탄하셨던 문제작. 지금까지 쌓아온 『변변찮은』의 세계관이 한 **남자**에 의해 완전히 박살 난 순간이었습니다.

하지만 전 반성하지 않습니다! 내 인생에 한 점 후회도 없도다! 음하하하하하!

그래도 일단 설정을 맞춰보자면 『**그**의 발명품은 정상인은 도저히 이해할 수 없는 이론과 광기의 산물인 탓에 아무도 흉내 낼 수 없고, 재현할 수도 없다』, 『따라서 세상에는 나돌지 않는다』라는 걸로!

그겁니다. **그**의 발상은 시대를 지나치게 앞서 나간 블랙박스인 셈이죠. 한 명의 천재 프로그래머가 짠 너무나도 난해한 고도의 프로그램 코드는 평범한 프로그래머의 머리론 해석도 할 수 없고, 점검도 할 수 없다는 것과 똑같은 이치

인 겁니다.(궁색한 변명)

○제국 궁정 마도사 아르바이터 리엘

세 소녀 중 마지막 한 명인 리엘이 마침내 드래곤 매거진 단편에 데뷔한 이야기입니다.

본편에서는 리엘이 본격적으로 알자노 제국 마술학원에 오는 것이 3권부터이다 보니 여태까지는 등장하지 못했습니다. 앞으로는 리엘도 단편에서 레귤러로 활약할 예정입니다.

그건 그렇고 단편을 쓰면서 느낀 건데 리엘은 정말로 개인적으로 써먹기 쉬운 캐릭터네요~. 제가 만들기는 했지만 단편에서는 정말 편리하더군요.

전개가 곤란할 때는 일단 리엘에게 바보짓을 시키면 원만히 수습되는 만능 캐릭터라고 생각합…… 죄송합니다. 돌은 던지지 말아 주세요!

또한 이번 이야기에서 이 시점에서는 아직 엑스트라인 세실리아 선생님도 등장했습니다. 단편 안에서 『변변찮은』의 세계관이 서서히 기반을 다지는 분기점이라고도 볼 수 있겠죠.

예? 저번 화요? ……그게 뭐죠? 먹는 건가요? 훗…….(먼눈)

○임무에 지나치게 우직한 남자•알베르트의 함정

알베르트 씨가 주역으로 등장한 단편입니다.

여기서 잠시 작품의 뒷이야기를 좀 해보겠습니다.

알베르트는 『변변찮은』의 본편에서는 이른바 『피○스 잇키』 같은 포지션으로 태어난 캐릭터입니다. 송사리~중간 보스 수준은 싸우기만 해도 확정 사망. 그렇다고 해서 메인 보스를 상대로도 결코 병풍이 되지 않는, 오히려 평범하게 이겨버리는 어마어마한 조역입니다. 작가의 애정캐라든가, 편애 이전에 처음부터 그런 숙명을 짊어진 캐릭터인 거죠.(……어쩌지……?)

이야~ 알베르트를 설정할 때 『주인공의 파트너이자 형 같은 녀석』을 생각했더니 가장 먼저 『잇키 형님』이 떠오르기에 참고했는데 설마 이 정도로 강한 캐릭터가 될 줄은…… 개인적으로 지는 모습을 상상할 수가 없다 보니 본편에서는 콘셉트대로 엄청 활약하고 있습니다. 덕분에 최근에 본편에서는 그런 알베르트 씨 때문에 희생된, 자칭 근거리 마술 전투 최강의 불쌍한 신 캐릭터가 등장했었죠…….(먼눈)

그런 알베르트 씨는 아무래도 코미디에도 일가견이 있는 모양입니다.

성실한 그가 계속 헛발질만 하는 모습을 즐겁게 지켜봐 주시길 바랍니다.

○당신과 나의 물망초

이 이야기를 읽었을 때 여러분은 이렇게 생각하시겠죠. 저도 그랬습니다.

얜 대체 누구야?

뭐, 개인적으로는 하얀 고양이의 평소와는 다른 성격과 일면을 쓸 수 있어서 즐거웠습니다.

덕분에 당시의 기억이 떠오르네요……. 이 무렵의 하얀 고양이는 여러 곳에서 『메인 히로인(웃음)』, 『루미아가 있으면 필요 없는 아이』 등의 야유를 받고 있었습니다.

전부 제 기량 부족이 원인입니다만 그런 하얀 고양이를 구제해주기 위해 필사적으로 이 단편을 썼던 기억이 납니다.

○두 명의 광대

단행본 한정 단편. 『변변찮은』 시리즈의 주인공인 글렌의 어린 시절을 그린 이야기입니다.

어릴 때의 그는 옛날이야기에 등장하는 멋진 『정의의 마법사』를 동경했습니다.

하지만 어느 날 갑자기 깨닫고 맙니다.

자신은 결코 그런 『정의의 마법사』가 될 수 없다는 냉혹한 현실을요.

좌절하고 삐뚤어진 그의 앞에 나타난 소녀.

유복한 세리카가 거둬준 덕분에 『가진 자』가 된 글렌과는 반대로 그 소녀는 빈곤한 일상에 허덕이는 『가지지 못한 자』.

하지만 늘 긍정적이고 미소가 멋진 그녀는 글렌에게 항상 눈부신 존재였습니다.

그 소녀와의 만남이 어린 소년에게 대체 어떤 영향을 줄 것인가.

그리고 어렸을 때의 그가 한 선택이란?

글렌의 청춘 시절의 한 페이지를 제목 그대로 추상하는 이야기입니다.

재밌게 읽어주셨으면 좋겠습니다.

뭐, 이번에는 대충 이런 느낌일까요?

마침내 애니메이션판 『변변찮은』도 시작되었습니다. 덕분에 글렌 일행이 생동감 있게 살아 숨 쉬는 모습을 볼 수 있었으니 애니메이션 제작 스태프 여러분께는 정말 아무리 감사해도 끝이 없을 정도입니다. 이 애니메이션을 계기로 『변변찮은』의 세계를 새로 접하신 분들도 있었으면 좋겠습니다.

또한 이 작품에서 늘 미려한 일러스트를 그려주시는 미시마 쿠로네 님. 글렌 일행을 활약을 멋지게 그려주시는 츠네미 아오사 님께도 이 자리를 빌려 감사의 말을 전하고 싶습니다. 정말 감사합니다!

물론 저, 히츠지 타로도 독자 여러분의 기대에 부응할 수 있도록 앞으로도 열심히 노력하겠습니다! 아무쪼록 잘 부탁드립니다!

히츠지 타로

하하하—
내 애제자는
정말
귀엽다니까!
쓰담
쓰담
그……
그만 좀 해!
세리카 마마와 소년 글렌
2017.

■ 역자 후기

안녕하세요, 이번에도 장문의 작가 후기 후에 뭘 써야 좋을지 몰라 고민 중인 역자입니다.

역시 이번 권에서 가장 시선을 사로잡은 건 작가님께서도 그라며 직접적인 언급을 꺼리신 그 인물이겠네요. 사실 슈더 가문 자체는 본편에서 딱 한 번 언급이 있었던 걸로 기억하고 있습니다만 설마 당주가 이런 괴짜였을 줄이야. ……물론 전 대환영입니다. 단편집의 참맛 중 하나는 역시 본편의 캐릭터가 사정없이 망가지는 거죠. 개인적으로 『나이츠 오브 소울』은 단발성 개그 아이템으로 끝낼 게 아니라 본편에서 디자인을 조금 순화시켜서 등장하면 【광대의 세계】와 더불어 글렌의 비장의 수가 될 가능성이 있지 않을까 싶습니다만 아무래도 그랬다간 장르가 바뀌어버릴 테니 약간 회의적이긴 하네요.

물론 세실리아와 체스트 남작도 매우 좋았습니다. 둘 다 본편에서도 잠시 등장한 적이 있긴 합니다만 아무래도 지나치게 개성이 넘치는 캐릭터들이라 시리어스 노선인 본편에서는 자세하게 묘사할 수 없는 게 당연하다는 생각이 절로 들었습니다. 사실 체스트 남작은 마술 경기제 이후로 전혀 언급이 없어서 결국 잘렸나 싶었는데 용케도 살아남았더군요. 아무래도 함부로 자르지 못하는 이유는 **그**와 마찬가지로 위계 때문이 아닐지…… 예? 제6계제요? 금기교전 시리즈의 세계는 말세가 맞긴 맞나 봅니다.

개인적으로 이번 후기를 읽으면서 눈길이 갔던 부분은 모 프로그래머의 이야기였네요. 일단 전 이 부분을 읽고 바로 두 가지 일화가 떠오르더군요. 첫 번째는 일본의 모 대작 롤플레잉 게임의 3탄이 오랫동안 다른 기종으로 이식이 되지 않은 이유는 아랍 출신의 모 천재 프로그래머가 작성한 코드가 워낙 난해한 물건이라 아무도 손을 대지 못했기 때문이라는 일화와, 그리고 동일 회사의 모 인기 모바일 게임이 서비스를 종료하게 된 가장 큰 이유는 오픈 전후로 메인 프로그래머들이 전부 교체된 탓에 핵심적인 부분이 손을 쓸 수 없는 블랙박스가 되어버려서 결국 어쩔 수 없이 서비스를 종료하고 말았다는 일화였습니다. 사실 전자는 정말 아득히 오래 전 일이라 그다지 회자되지 않는 일화이다 보니 아마 작가님은 후자를 패러디한 게 아니실지 조심스럽게 예상해봅니다. 어쩌면 그 게임의 유저이셨을 가능성도…….

그럼 본편과는 다른 방향성의 즐겁고 떠들썩한 추상일지 시리즈, 다음 권에서 뵐 수 있기를 바라며 이만 후기를 마칩니다.

초출(初出)

종이 한 장 차이의 천재 교수

Genius or a Fool

드래곤 매거진 2015년 7월호

제국 궁정 마도사 아르바이터 리엘

Alzerna imperial sorcerer arbeiter Re=L

드래곤 매거진 2015년 9월호

임무에 지나치게 우직한 남자 · 알베르트의 함정

Trap-Hole of Albert, who is too serious about his work

드래곤 매거진 2015년 11월호

당신과 나의 물망초

You and my Forget-Me-Not

드래곤 매거진 2016년 1월호

두 명의 광대

Two idiots

특별 단편

Memory records of bastard
magic instructor

변변찮은 마술강사와 추상일지 2

1판 1쇄 발행 2018년 1월 10일
1판 2쇄 발행 2019년 4월 12일

지은이_ Taro Hitsuji
일러스트_ Kurone Mishima
옮긴이_ 최승원

발행인_ 신현호
편집국장_ 김은주
편집진행_ 최은진 · 김기준 · 김승신 · 원현선 · 권세라
편집디자인_ 양우연
국제업무_ 정아라
관리 · 영업_ 김민원 · 조인희

펴낸곳_ (주)디앤씨미디어
등록_ 2002년 4월 25일 제20-260호
주소_ 서울시 구로구 디지털로 26길 111 JnK디지털타워 503호
전화_ 02-333-2513(대표)
팩시밀리_ 02-333-2514
이메일_ lnovelpiya@naver.com
L노벨 공식 카페_ http://cafe.naver.com/lnovel11

ISBN 979-11-278-4356-4 04830
ISBN 979-11-278-4161-4 (세트)

값 7,000원